Dans la liste des sept arts, la littérature apparaît au cinquième rang. La collection Quai nº 5 lui est passionnément dédiée : on s'y embarque aimanté par ce que l'horizon transporte et tout ce qui nage sous la surface des choses.

Dans le ventre

Collectif

Dans le ventre

Histoires d'accouchement

QUAI N° 5

Catalogage avant publication de Bibliothèque et Archives nationales du Québec et Bibliothèque et Archives Canada
Titre : Dans le ventre.
Collections : Quai nº 5.
Description : Mention de collection : Quai nº 5
Identifiants : Canadiana (livre imprimé) 20189433167 | Canadiana (livre numérique) 20189433175 | ISBN 9782897721695 | ISBN 9782897721701 (PDF) | ISBN 9782897721718 (EPUB)
Vedettes-matière : RVM : Naissance—Romans, nouvelles, etc. | RVM : Nouvelles québécoises—21e siècle.
Classification : LCC PS8329.5.Q4 D36 2019 | CDD C843/.0108354—dc23

Les Éditions XYZ bénéficient du soutien financier du gouvernement du Québec par l'entremise du programme de crédit d'impôt pour l'édition de livres et de la Société de développement des entreprises culturelles du Québec (SODEC). L'éditeur remercie également le Conseil des arts du Canada de l'aide accordée à son programme de publication.

Financé par le gouvernement du Canada | Canada

Direction littéraire : Elsa Pépin
Révision linguistique : Sophie Marcotte et Julie Robert
Correction d'épreuves : Élaine Parisien
Conception typographique et montage : Édiscript enr.
Conception et graphisme de la couverture : David Drummond [salamanderhill.com]

ISBN version imprimée : 978-2-89772-169-5
ISBN version numérique (PDF) : 978-2-89772-170-1
ISBN version numérique (ePub) : 978-2-89772-171-8

Dépôt légal : 1er trimestre 2019
Bibliothèque et Archives nationales du Québec
Bibliothèque et Archives Canada

Diffusion/distribution au Canada :
Distribution HMH
1815, avenue De Lorimier
Montréal (Québec) H2K 3W6
www.distributionhmh.com

Diffusion/distribution en Europe :
Librairie du Québec/DNM
30, rue Gay-Lussac
75005 Paris, FRANCE
www.librairieduquebec.fr

Imprimé au Canada

quaino5.com

Ces histoires commencent dans le ventre des femmes et nous concernent tous et toutes. Si nous ne conservons aucun souvenir de notre arrivée dans ce monde, nos mères, elles, ne l'ont pas oubliée.

Après avoir donné naissance deux fois, dont une dans la tempête, je me suis mise à écouter avec beaucoup d'attention et d'empathie les récits que les mères autour de moi faisaient de leur propre grossesse, de leur propre accouchement. Chaque fois émue et saisie par l'intensité de la mise en mots de cet événement bouleversant, parfois traumatique, j'ai aussi été frappée par ce que ces histoires soulevaient comme enjeux et portaient comme charge émotive, physique et philosophique. Donner la vie est la chose la plus naturelle du monde mais demeure, pour celles qui l'expérimentent, une initiation, un baptême. La mère apprend à enfanter en même temps que l'enfant vient au monde. Et cette rencontre, au-delà des statistiques de césariennes, de naissances prématurées ou à terme, reste unique et enracinée dans le corps des femmes. Cette histoire les traverse, les marque, les transforme à jamais. Or, il demeure assez rare qu'on l'entende publiquement et qu'elle devienne objet littéraire. Comme si cet événement devait rester secret, enfermé pour toujours dans le souvenir des mères.

J'ai eu envie de recueillir cette parole murmurée entre proches, de la céder à des auteur(e)s. Ce livre est un écrin pour ces histoires du ventre des mères : balbutiements de vie, cris de peur et d'amour, épiphanies et drames vécus quotidiennement, mais qui ne sont guère banals pour celles qui en font l'expérience.

Les mères racontent le rêve longtemps caressé devenu réalité, la pression exercée sur leur corps, les attentes – celle du bébé, mais aussi celles de la société quant à leur rôle –, la nervosité du grand jour et l'abandon menant à la naissance. Elles révèlent ces zones extrêmes de vulnérabilité et le mystère qui s'invite dans leur vie. Elles dénoncent avec humour, gravité, colère les discours dominants qui leur imposent parfois un modèle unique pour accoucher. Le père raconte comment il a endossé ses nouvelles responsabilités quand le ventre de sa femme s'est arrondi. Ces écrivain(e)s ouvrent l'espace intime où se sont écrites la naissance d'un enfant et la leur, comme parents.

Il existe autant de manières de donner la vie qu'il existe de mères. Et parce que toutes ces gestations, tous ces accouchements portent en eux le pouvoir de nous transformer, forcément, ils transforment aussi l'écriture. Preuve en est donnée par ces paroles nées de l'enfantement, où se joue plus qu'une simple délivrance. Le corps des mères devient le théâtre d'une grande aventure humaine où il est question de filiation, de transfiguration, de mort aussi. Raconter le commencement rejoint aussi la fin, car pour naître il faut mourir un peu.

Elsa Pépin

De plus en plus, la gestation m'apparaît comme un microcosme de la vie humaine. Une leçon sur le temps : son caractère inexorable, irréversible, irréfutable… et relatif. Neuf mois, c'est à la fois un temps long et un temps court. Long si l'on compte le nombre de seconde passées à supporter ce processus si souvent inconfortable ; court au vu d'une biographie entière. Un temps ni long ni court – *un certain temps* – exactement comme la vie elle-même. *La haine de l'enfantement est presque toujours une peur devant la mortalité.*

NANCY HUSTON,
Journal de la création

C'est assez facile, vu de l'extérieur, de dire : « T'as juste à te laisser aller et à laisser sortir le bébé. » Mais pour laisser sortir le bébé, il faut accepter de tomber en morceaux.

MAGGIE NELSON,
Les Argonautes

Vouloir fendre

Rébecca Déraspe

Les bagages attendent au bord de la porte de la chambre. À l'intérieur, les premiers tissus. Ceux qui toucheront le corps nouveau de mon enfant. Ma façon de la concevoir, elle. De la rendre concrète. Ma fille dans un pyjama. L'enfant de l'intérieur dans l'objet de l'extérieur.

La poussière s'accumule sur les sacs.

Depuis une semaine, je les fixe en attendant pas du tout patiemment que crèvent mes eaux. Le miracle de la vie aurait dû arriver le 18 décembre, on me l'avait promis, calendrier à l'appui. Il me reste à peine quatre-vingt-quatre heures pour accoucher sans être déclenchée.

Le sapin se dessèche dans son coin de maison. Le col de mon utérus s'obstine à ne pas se dilater. Les cantiques de Noël claironnent la venue de l'Enfant Jésus. Je suis jalouse de Marie. Je veux savoir à combien il est dilaté, elle, son col. Je tire sur mes mamelons comme on m'a dit de le faire: ça fait monter naturellement l'ocytocine – l'hormone de l'amour qui provoque les contractions. Tire. Attends. Tire. Attends. Tire. Marie pis moi on est en compétition.

Dans la pyramide des « je ne veux pas », il y a tout en haut « être déclenchée ». L'idée même du shoot de Pitocin synthétique paralyse les muscles de mon ventre. Je suis terrorisée.

Je dis: « Viens faire l'amour. » Plusieurs fois par jour. Il paraît que ça aide le col. Mais ça aide pas grand-chose d'autre que nos fous rires de grosse femme qui tente de bouger et d'homme étouffé. Je fais des lavements rectaux. C'est presque plus sexy. Je lave le plancher. Je prends des marches. Je fais l'amour. Je lave mon rectum. Je lave le plancher.

J'vas gagner, Marie. J'vas gagner.

Mais c'est clairement pas vrai. Le 24 décembre, pendant qu'elle a ses premières contractions, moi, j'ai rien d'autre que des seins pis un amoureux épuisés. On décide d'aller jouer aux quilles. On rit beaucoup. On accouche peu.

Je dors pas. Jamais. J'attends dans la nuit. À l'affût des moindres soubresauts de mon corps, de mon ventre, des durcissements, des écoulements, des quelque chose s'il vous plaît. Je m'épuise à attendre l'épuisement de l'arrivée de mon enfant.

Les Gens nous appellent. Les Gens veulent savoir. Si Les Gens pouvaient attendre la tête entre mes cuisses que notre fille vienne au monde, Les Gens se posteraient à la sortie avec de quoi se sustenter. Il faut leur dire, leur répéter que non, l'Enfant n'est toujours pas arrivé. Merci de votre compréhension. Un message suivra.

Jésus est bel et bien en train de pleurer dans la crèche. Pis moi je reste écrasée, défaite, sur la cuirette blanche de notre divan.

Le matin du 25 décembre, je me rallie à l'optimisme et à la jovialité de la journée sacrée. Première vraie neige d'hiver, une neige qui ne laisse pas de doute, qui fait sa job de neige. On décide d'aller grimper le mont Royal. C'est connu : qui escalade accouche. J'ai bon espoir. On y va. T'as jamais vu quelqu'un mettre autant de vigueur dans l'acte de poser le pied sur le sol.

C'est magnifique. Blanc. Soyeux. Les marches d'escalier. Des flocons comme dans les films avec des flocons. En haut, on voit pas la ville. Juste un gros brouillard émouvant. C'est beau. J'aime mon amoureux. Je veux que notre enfant vienne au monde. Je lui souhaite grandiose, ce monde. Je lui prépare immense. « Vivre, ça goûte bon », que je lui dis à voix haute, le regard accroché à l'horizon époustouflé. On redescend. Bang. Bang. Bang. Ça y est : Jacques et moi, on est convaincus que c'est pour ce soir. Mais. Non. Toujours rien. Faut croire que les ascensions pis les montagnes, pour nous, ça marche pas.

Le 26 décembre, direction hôpital Sainte-Justine pour vérifier que tout va bien : cœur du bébé, niveau de liquide amniotique. Pendant qu'on attend la docteure, un couple apprend, à nos côtés, que leur bébé est mort *in utero*. Plus de petits battements dans la machine. Le néant. Le vide. On sait pas où se mettre. On est des intrus dans leur tragédie. Je revois les souliers du monsieur. Je sais pas pourquoi, ce sont ses souliers qui me restent. Il avait les pieds tristes et impuissants devant son drame.

On revient à la maison. Jacques. Moi. L'enfant de l'intérieur. On se serre très fort.

Le 27 décembre, je me réveille infiniment triste. Je capitule. C'est aujourd'hui que je vais me faire poser un ballonnet. Ce que je comprends de la manœuvre, c'est que cette *chose* va aider la maturation de mon col et lui permettre de se dilater avant que les contractions soient provoquées par l'ocytocine synthétique. Demain matin, 6 h, je serai ploguée à un soluté pour que la magie opère sans magie. Pis mon enfant aura pas le privilège de donner le go officiel. La vie obligée.

Être déclenchée. Être déchirée. Beaucoup.

Je sors prendre une marche toute seule. Besoin d'air. Je reviens à la maison en larmes. L'impression d'un échec peut-être. Jacques ramasse ce qu'il a d'amoureuse et d'enfant à venir entre ses bras et propose qu'on fasse à notre tête. Notre accompagnante à la naissance, Annie, qui nous suit depuis plusieurs mois déjà, est d'accord. On convient d'une solution tout le monde ensemble : parler avec la médecin avant qu'elle me pose le ballonnet, négocier un vingt-quatre heures de plus. Je respire. Vingt-quatre heures. Ça peut changer beaucoup de choses.

À l'hôpital, l'infirmière est certaine que notre demande sera refusée. Sourire méprisant. Clignement d'yeux convaincus.

Dans le bureau de la médecin, je dis : « J'ai besoin que les choses se passent de façon naturelle. Je sens que mon corps travaille, malgré tout. Ma fille s'en vient, je le sais. »

Les mots *hippies finis* s'inscrivent dans le froncement de ses sourcils. Elle ne comprend pas trop ce que je trouve désagréable dans l'idée du déclenchement puisque de toute façon l'ocytocine est une hormone qui est naturellement produite par le corps puisque de toute façon de toute façon puisque de toute façon…

Ses aimables explications me tordent le ventre. Capteurs. Moniteurs. Injections. Mes larmes. La main de Jacques. Le sourire distendu de notre interlocutrice professionnelle. Elle comprend. Elle dit : « Je comprends. » Elle dit : « Je comprends » et mon cœur s'affole. Elle comprend ? Elle comprend !

J'ai vingt-quatre heures de sursis.

Quand on sort du bureau, l'infirmière a sincèrement l'air contente pour nous. Elle nous félicite. D'avoir tenu tête aux procédures. Je pose la main sur mon ventre. Je pense : « Tiens tête, toujours, ma fille. »

Ce soir-là, c'est inexplicable, je lâche prise. J'accepte toutes les éventualités. J'ai défendu ma fille. Elle peut le faire seule. Moi avec elle. Je le sais. C'est viscéral.

Dans le bain, je bois du vin. Un verre. Pour respirer. La lumière tamisée, la mousse qui frappe les parois de ma peau. L'enfant de l'intérieur. Je respire. Je l'aime. Je sens l'amour grimper sur les os de ma colonne vertébrale. Littéralement. L'amour escalade tout ce que je suis. Épopée d'une rencontre qui s'en vient. Je comprends pas trop ce qui m'arrive. Mais je suis amoureuse. D'un amour nouveau.

Ce soir-là, je m'endors dans le salon, sur notre petit lit d'appoint installé au centre de l'appartement.

Vers 3 h du matin, je me réveille. Là, couchée dans mon petit lit au cœur de la pénombre innommable de l'insomnie, je sens mon ventre qui dit oui. Une chaleur floue prend place en moi, une chaleur d'amour qui s'installe près de mon col. Je respire. Je laisse aller. Sans trop y parvenir, sans trop échouer. L'émotion qui me tient éveillée ne ressemble à rien que je connaisse. Elle porte les premiers émois de la maternité. Quelqu'un d'immense s'en vient. Je la *sens*. Et c'est une grande fébrilité qui tenaille l'ensemble de mon corps.

Vers 7 h, je vais retrouver mon amoureux qui dort dans notre lit.

Des contractions.

Je me concentre sur les sensations que mon ventre se laisse imposer, bercée par une conscience étrange de la réalité. J'ai l'impression de rêver. À demi éveillée. Les contractions arrêtent pas. Elles se rapprochent, même. J'en parle un peu à Jacques. On s'énerve pas trop. Rester zen. Pas de faux espoir. Rester zen. Je calcule sans calculer. J'espère. Sans espérer. J'ai pas mal. Accoucher *doit* faire mal. Tout le monde le sait. J'accouche donc pas. C'est évident. Je reste étendue. Et j'attends. Aux aguets. J'ai le cœur qui bat anormalement.

Oh my God! Oh my God! Je me lève. Quelque chose coule. J'en suis certaine. Mais est-ce que c'est vraiment du liquide amniotique ? C'est peut-être juste de l'urine. Je cache mal mon énervement. Je veux pas nous faire espérer dans le vide. Espérer dans le vide nous a trop épuisés ces derniers temps. Mais je pense, là, que c'est peut-être aujourd'hui. Jacques a la même réaction que moi. Entre la joie et le refus de se laisser – encore – décevoir.

Je décide d'appeler Annie pour lui parler des signes qui se présentent à moi. Elle confirme ce que mon corps a déjà compris : ma fille et moi sommes prêtes, à deux, ensemble. Notre périple peut commencer. Je suis tellement excitée.

L'héroïne d'*Une naissance heureuse*, c'est moi.

D'un coup, ça change de calibre. C'est plus drôle-gentil-photo paisible. Ça fait mal. Je me lève. Le long de mes cuisses coule une plus grande quantité de liquide teinté de sang. Je panique. Appelle Annie : « Je perds du sang, je perds du sang. » Elle me calme, un peu. Me dit qu'elle s'en vient.

Pendant ce temps, Jacques descend les bagages. Ça y est. C'est le jour où les sacs se rendent jusqu'à la voiture. C'est le jour où.

Les contractions font de plus en plus mal. Une d'elles me projette même à quatre pattes sur le sol. J'ai lu quelque part que si un sentiment bien net et précis te dit de te rendre à l'endroit où tu vas accoucher, il faut y aller. Et là, j'ai un sentiment du câlisse qu'il faut qu'on parte maintenant. Là là. Jacques rappelle Annie. Mais elle est déjà presque arrivée. Je lui montre mes bobettes pleines de sang. À ma face, elle comprend qu'on doit partir maintenant. J'ai de la misère à descendre les escaliers. Ça fait mal. Beaucoup beaucoup. Genre VA CHIER.

On entre dans la voiture. Pas capable de rester assise. Me tourne la face vers derrière, à genoux sur le banc. Je sacre. On me dit de respirer. Pas envie de respirer. On me dit de me concentrer, qu'il faut respirer. Pas envie. Pas capable. Juste envie de frapper dans une vitre en disant: « Câlisse que ça fait mal tabarnak. » Ce que je fais. Dans la nouvelle voiture de Jacques. Je frappe le siège. Le miroir. Des conducteurs nous regardent, interloqués. Je les vois pas. Je veux qu'on arrive. Maintenant. L'impression que je vais accoucher dans la voiture. Annie me dit de me concentrer, de respirer. Peux pas. On m'avait dit que j'allais savoir ce qu'est une vraie contraction. J'avais peur de pas savoir. *Fuck it.* Dans la catégorie des affaires que tu peux pas ignorer, y a ben avoir une contraction d'accouchement. C'est impossible de pas se rendre compte que ton corps est en train de fendre en huit. Impossible. Un corps, habituellement, ça fend pas en huit. Dans la vie de tous les jours, je veux dire.

L'hôpital est à environ quinze minutes de voiture. Les jours de beau temps. Aujourd'hui, il neige. Aujourd'hui, j'accouche. Ça me semble être l'hôpital le plus loin de Montréal. L'endroit qui s'éloigne à mesure qu'on s'en approche. Les immeubles qui défilent au bord du trottoir ressemblent pas aux immeubles que j'ai vus défiler chaque fois qu'on s'est rendus à Sainte-Justine. Les passants ont plus l'air de passants. Rien est pareil. J'ai l'impression, nette et précise, d'être dans le flou le plus suspect. Je suis dans une brume, mon corps a pris toute la place. Ma tête analyse plus les choses de la même façon. C'est une route nouvelle, inconnue, que j'emprunte. Tant dans le réel concret de l'avenue Van Horne que dans l'expérience absolument tangible de l'accouchement.

On arrive. L'hôpital ressemble pas à l'hôpital de mon souvenir. Combien de fois j'ai visualisé cette arrivée devant la porte? Moi, marchant fièrement vers l'entrée, prête à mettre au monde mon enfant dans un calme serein et relatif. *My fucking God!* Jacques nous dépose devant l'entrée. Je sors du char. Pas capable d'emporter quoi que ce soit avec moi. Moi qui avais prévu emporter mes petits bagages tout prêts. Je suis littéralement pliée en deux. Incapable de faire semblant d'avoir une once de contrôle. Je tente simplement de pas hurler partout « Tabarnak! ». Les gens ont plus l'air de gens. On prend l'ascenseur. Maman. On arrive au quatrième étage. J'y suis enfin. Ça fait neuf mois que j'attends ce moment. Mais ça se passe pas du tout comme dans la vidéo de Sainte-Justine qui montre une femme tout en contrôle qui vient accoucher comme on va à la banque. Non non. J'arrive au poste. Les infirmières, médecins, préposés sont en train de luncher.

Il est environ midi et demi. J'annonce à la cantonade: «Je suis venue accoucher!» Ça rigole un peu autour de moi. Le préposé s'occupe pas de moi. Il vaque à ses autres occupations. Saint câlisse. Une autre femme arrive. Elle me demande si quelqu'un s'est occupé de moi. Non. NON! Elle prend ma carte, mes affaires. Je sais pas trop ce qu'elle veut savoir. Elle me demande si je veux une chambre privée. Je sais pas. Est-ce que j'ai une assurance? Non. Je veux qu'on me prenne en charge. Maintenant. Je dis non à la chambre semi-privée. Non à la chambre privée. Je sais rien. Je sais seulement que mon ventre est une charcuterie improbable.

On m'amène dans une salle d'accouchement. C'est pas comme dans mon imaginaire. Je m'attendais à une pièce différente de toutes les autres pièces que j'ai vues dans ma vie. Je m'attendais à un espace immaculé. Un lieu unique. Je m'attendais à accoucher *quelque part*. Mais ici, c'est pas quelque part. C'est un lieu sans âme. Avec un lit. Des fenêtres. Un évier. Des armoires au mur. Une porte. Une horloge. Je me déshabille. Manteau par terre. On me dit de mettre une jaquette d'hôpital. Dans mes rêves, je disais non à la jaquette d'hôpital pour porter ma jaquette. Dans mes rêves, j'arrivais encore à parler. Mais là, maintenant, je dis OK. Je dis oui. Je dis AYOYE. Mets la jaquette. Mes bobettes blanches tombent au sol. Pleines de sang mélangé à du liquide amniotique. Une odeur. Particulière. L'odeur de la naissance. J'ai peur. À cause du sang. Peur que mon bébé ou que quelque chose…

Annie me dit que non. Que ça va aller. Je dis que non. Que ça va pas aller. Que je veux parler à quelqu'un. Elle va chercher l'infirmière qui tente de me rassurer. Le sang. C'est normal. Qu'elle dit.

Annie se prépare. Elle sort des débarbouillettes. Dans le livre d'Isabelle Brabant, c'est écrit que les compresses d'eau chaude sont une façon très efficace de calmer la douleur. OK. OK. Je revois ce passage. OK. Je réentends même notre discussion autour de la table de la salle à manger. « Oui, oui, les compresses d'eau chaude, c'est miraculeux. » Je suis prête à accueillir le miracle. Pas celui de la vie. Celui de la débarbouillette. Petit miracle : c'est vrai, ça fait du bien. Un peu. Mais il faut savoir ici que la douleur est tellement particulière et intense que chaque soulagement est temporaire et relativement inefficace. Il faut souffrir. L'infirmière lance à la blague : « Quelqu'un a dit : "Tu enfanteras dans la douleur." » Et elle sort en rigolant. *Fuck you*, la blague. Donne-moi quelque chose. Annie me parle doucement. Je lui demande, expéditive, d'arrêter de me parler. Ta gueule, l'accompagnante. C'est pas gentil. Je suis pas gentille. Me sens mal peut-être un peu. Entre deux contractions, j'arrive à ressentir d'autres émotions que l'impression de fendre en deux. Mais quand une contraction revient, je ne fais plus de cas de conscience. PARLE-MOI PAS. Compresse d'eau chaude.

Le temps se déroule plus comme hier. Ni même comme ce matin. Il se mêle, s'entrechoque à la douleur.

Les secondes s'éternisent pendant les contractions et se précipitent entre chacune d'elles. Je sais que les contractions reviennent aux deux minutes. Mais je sais plus ce que deux minutes veulent dire. Je sais plus rien. Où est Jacques ? Est-ce que ça fait longtemps qu'on est ici ? J'ai l'impression que mon col est ouvert à mille centimètres. L'impression que le bébé s'en vient dans quelques minutes. Je suis encouragée par mon impression. *Yeah*, l'impression. Jacques arrive. Il sourit. Il est content. J'ai mal, il est content. Crisse. On est là, plantés au cœur de l'événement qu'on a secrètement imaginé chacun à notre manière. Je t'aime. J'adopte différentes positions sans trop savoir comment poser mon corps contre l'air. Je me plie, me déplie, me désoriente, plus de centre de gravité, je me lance au sol à quatre pattes, me relève. La jaquette d'hôpital suit chacun de mes mouvements. Jacques est beau. Je crois que Jacques est beau.

L'infirmière entre avec, à sa suite, la résidente qui vient mesurer l'ampleur de l'ouverture de mon col. J'ai hâte de savoir. Tellement hâte. Je suis convaincue qu'il est à huit ou nuit. Qu'on va taper-taper-taper dans les mains ! Qu'on va me dire : « Poussez madame. » Mes contractions sont tellement intenses. Tellement rapprochées. Elle me demande si j'ai fumé pendant ma grossesse. Elle me demande si je ci. Si je ça. Crisse. D'ostie. On ira prendre un café quand j'aurai poussé. Là, j'ai comme pas le cœur à me faire dire que c'est bien d'avoir arrêté de fumer. Ni à me faire dire de pas recommencer. Parce que si j'ai quelques objectifs pour mon post-partum, c'est bien de m'y remettre, à la cigarette. J'ai jamais eu hâte comme ça à un examen gynécologique.

Elle me regarde – enfin – le col.

Je suis à trois centimètres. Pardon ? *Pardon me* ? *Lo siento* ostie ? Et il y a que la première couche de la poche des eaux qui est rompue. Comment ça, la première couche ? Parce qu'il y a plusieurs couches à ça, la poche des eaux ? J'en ai lu des livres pis y a jamais personne qui m'a avertie que des couches, y en avait pas juste une. Je-demande-d'être-remboursée-humour-douleur.

Je dis : « Ça se peut pas. » Je dis : « Je pourrai pas. » Je dis : « Ça va pas pouvoir aller. » La résidente me regarde et me dit : « On fait quoi ? » Et c'est là que le mot. Que le mot. *Épidurale.*

Je m'étais promis que non. Je m'étais préparée à dire non. J'avais prévu des solutions de rechange. Mais là. Je. Fendre de partout avec le corps incompréhension le corps matière charcutée.

L'infirmière dit à Jacques d'aller faire mon admission. Il repart. Mon amour. Notre enfant s'en vient. Et je replonge dans ce brusque trou plein de lumière où j'arrive plus à respirer comme l'heure d'avant. Annie me propose d'aller prendre un bain. Oui, le bain.

Mais dans ma tête, quelque chose a commencé à prendre toute la place : ÉPIDURALE. C'est venu avec l'annonce du trois. Et c'est resté planté. Vite, le bain. Je m'étais promis. Mais.

Encore une fois, le choc du réel avec l'imaginé. Moi qui voyais un spa romantique où les bulles d'eau viendraient tendrement apaiser la douleur de l'enfantement. *Fuck all.* C'est un bain comme un bain. C'est de l'eau comme de l'eau. Au début, j'arrive un peu à gérer ça. Ça fait un peu moins mal. Mais vite, ça revient à la même impasse : pas possible. Annie me met le jet d'eau contre le dos. Elle me dit de faire des sons en même temps que la contraction. Au début, je commence très très aigu. Genre de cri qui doit taper sur les nerfs de toute personne qui passe dans le corridor. Annie me dit de descendre, que les sons graves vont m'aider à traverser la douleur. Cheffe d'orchestre de la femme qui hurle. Ça sort tout croche. J'ai probablement l'air d'une vache dans le ventre de laquelle on aurait planté une grosse grosse épée et qui tente de rester en vie. Et ça m'aide pas à amoindrir quelque douleur que ce soit. J'ai juste honte + mal.

Impasse mentale et physique. J'arrive pas à surmonter le mot qui s'est échoué dans mon chemin : *épidurale.* Je le dis à voix haute. Annie me suggère d'attendre encore. Je dis non. Peux pas attendre. Peux pas. Elle me le resuggère. Je dis OK. Encore un peu, OK.

Jacques arrive. Annie va voir l'infirmière. Jacques me met le jet d'eau contre le dos. Je sais plus ce qu'on se dit. Est-ce qu'on arrive à échanger des mots ? Est-ce que je dis quelque chose comme des phrases ? Lui, il sourit encore. Il m'aime, je pense. Je sens qu'il m'aime, je pense. Et moi aussi.

Des fois, je le fais répéter juste pour être deux encore un peu. Juste pour que le silence. Pendant quelques secondes. Des fois, je le fais répéter juste pour qu'il me parle encore. Encore un peu. Pour exister quelque part. Dans ses mots. Dans son amour. Je dis : « Dis-moi. » Il dit. Il *me* dit.

D'un coup, il faut sortir du bain. Il faut. Je sors. Je cours nue dans les corridors d'hôpital. JE. COURS. NUE. Oui. Exactement comme dans la phrase *Je cours nue*. Je sais pas comment ça se peut. Je le fais. La chambre. Au secours. Ça fend de partout. De mon âme, je pense. Peut-être que c'est ça, aussi, mettre un bébé au monde… c'est accepter de fendre son âme pour faire de la place à son enfant.

« ÉPIDURALE », que je crie sans vraiment mettre les intonations aux bons endroits. De l'extérieur, j'imagine que c'est très baroque comme beuglement. L'infirmière accepte. Elle va chercher l'anesthésiste. Il arrive pas. Pas du tout. Je hurle. Je laisse le monde, le sens, la vie cracher ses douleurs à travers ma bouche.

Les naissances de mes grands-mères celles de mes arrières les naissances de partout passent à travers mon corps mon cœur ma vie je crie je crie maman maman maman je pleure à la fois je crie je pleure maman maman je nais en même temps que quelque chose meurt maman pis celle qui dans mon corps s'en vient mettre son empreinte magnifique je maman je maman maman…

Quelqu'un pense que c'est le bon moment pour faire une bonne blague ironique en me disant : « C'est toi qui vas devenir maman. » Je suis nue sauvage et je pourrais griffer ses yeux jusqu'au tréfonds de ses orbites. Je reste gentille, je dis juste : « Ta gueule ostie. »

Il arrive.

L'anesthésiste.

L'infirmière propose qu'on examine l'ouverture de mon col. Je refuse. Je vouloir piqûre. Maintenant. *Fuck you*, le reste. Personne doit bouger. Pas même moi. Il me pique. Je sais pas vraiment comment je m'appelle. Je bouge pas je sais pas comment je fais c'est inhumain et pourtant j'y arrive.

Pas d'effet immédiat. Le jeune anesthésiste, de qui j'ai le temps et l'espace mental de m'autodire qu'il est franchement beau, me propose, en silence, de me prendre la main. D'un côté, la main de Jacques. De l'autre côté, celle de l'anesthésiste. Scène de film. Mais pas le temps de rêver. Pas d'effet immédiat. Les contractions se rapprochent. On m'examine. L'épidurale de l'inutilité : la tête du bébé est là.

La tête de mon bébé est là.

La tête de notre bébé mon amour.

Notre bébé mon amour.

À partir de là tout va vite. L'équipe médicale arrive. Les pieds dans les étriers. Jacques. Ses yeux. Je pousse. Je pousse de partout, surtout de mon cœur. De mon ventre, de mon envie de la prendre. Elle. Ma fille. La médecin me dit de me calmer. Elle me dit que je suis trop efficace. C'est mon cœur qui pousse madame.

À un moment donné, je crie: « J'exige qu'on se commande du ST-HUBERT quand ça va être fini ! » Pour vrai. Meilleure pub *ever*. Je demande dix mille piasses pour le concept.

Je pousse pour toi ma fille.

Je pousse avec toi ma fille.

Je pousse pour tout ce que tu es déjà de force de volonté pour tout ce qui t'attend pour tout ce que je te promets ma fille.

Je pousse pour que tu le rendes à ta façon ce monde-là ma fille.

Je pousse pour t'apprendre à te tenir debout ma fille.

Je pousse pour que tu m'apprennes à me tenir debout ma fille.

Je pousse tout ce que je mets au monde ; je deviens mère et je pousse pour que cette mère-là soit la tienne, forte petite nous serons debout ma fille.

Je pousse même si demain je vais tout faire pour te retenir parce que le monde fait peur ma fille mais je lui crie « ON A PAS PEUR » au monde.

Je pousse.

Pendant quatorze petites minutes.

Elle est là.

L'enfant de l'intérieur.

Le reste.

C'est.

Elle est là.
Le plus beau jour.
Je jure.
Le plus beau jour de toute ma vie.
Je suis cousue et recousue.
Elle est là.
Je jure.
Le plus beau.
Ma fille.
Romane.
Notre première bataille remportée.

Effet de halo

Martine Delvaux

On entend dire qu'on oublie comment un corps expulse, comment un corps s'arrache, comment plus rien ne compte à ce moment-là que ce qui doit arriver, plus fort que tout, les éléments, la marée, des vagues sur lesquelles dansent les braves, la puissance majestueuse de l'Atlantique, écume obscure qui menace de dévorer, la peur au ventre.

Je n'ai rien oublié du goutte-à-goutte des heures avec le soluté, l'amorce, l'avancée, les obstacles, la peur, la douleur en rafales, sans pitié, à votre place je prendrais l'aiguille dans la colonne vertébrale, le dos cambré, dites-moi quand s'annonce la prochaine vague, que ça arrête, les nausées, la tête qui veut éclater, l'impossibilité de se reposer, l'impression d'avoir perdu pied, le silence, le corps replié, sentir que quelque chose ne va pas, me rappeler de ne pas oublier de crier et pourtant je ne crie pas, et puis l'acmé, les glaçons au creux du cou, est-ce que vous les sentez ? il faut ouvrir, il faut couper, branle-bas de combat dans la salle, quelque chose de grave est en train de se passer, une solennité, un moment et puis l'après, divisée mais soulagée, vivante traumatisée parce que je l'ai échappé belle, que le vent aurait pu tourner, mal finir les choses, suffoquer le bébé.

Non, je n'ai rien oublié, rien embelli, rien jeté à l'extérieur de ma conscience sous le coup du bonheur et de l'ocytocine, rien oublié du petit corps rouge aux yeux grand ouverts tenu un instant au-dessus du visage, les bras en croix de chaque côté de la table, il faut recoudre, madame, vous allez peut-être avoir la nausée, la lumière blanche des halogènes, visages masqués qui s'affairent tout autour, le bébé emporté pour des soins, avant dedans, après déjà loin.

Il faut trouver la musique pour raconter cet événement, ma musique, inspirez, retenez, expirez, poussez, et je perdais le rythme, la douleur qui coupe le souffle, prend toute la place, celle qui fait qu'on oublie de respirer parce que c'est impossible, à ce moment-là, de se rappeler comment vivre, je ne savais plus, la tête était ailleurs, partie dans un au-delà qui n'était pas si loin de l'obscurité.

On dit que ça s'oublie et on le répète comme un mantra, ces choses qu'on dit pour éloigner la peur, éviter de penser au pire, et ainsi se tisse une filiation du trou de mémoire creusé après, toujours déjà, oublier avant même d'oublier, et moi aussi, ne pas paniquer, ne pas céder à l'envie de garder le bébé à l'intérieur, au désir d'anesthésie, qu'on s'organise pour que je ne vive pas cette douleur-là, qu'on me protège de la terreur.

On dit qu'on oublie parce que la réalité est maquillée par la joie, une fois le bébé bien là, la douleur, le déchirement, la terreur effacés par le bonheur de l'avoir dans les bras, halo de bonheur sauf dans les cas où le bébé n'y est pas, quand ça se passe autrement, quand on paye cher la mise au monde, quand il n'y a pas de madone rayonnante, de calme béni, de merci mon Dieu quelle chance.

Quand il reste malgré tout une tempête à l'intérieur, un film qui tourne sans arrêt et qui rejoue l'impression que le pire n'est pas passé, que c'est toujours encore à venir, revoir la scène en boucle parce qu'il est impossible d'en sortir, le bébé est à la pouponnière, son bras minuscule piqué par le soluté, et je suis seule moi aussi, branchée sur un autre liquide, seule avec le souvenir comme seule dans le corps-épouvante, seule sur le métal épouvantable du bloc opératoire, rien à voir avec la douceur des histoires qu'on raconte, celles qui disent qu'on oublie, le corps rempli vidé, le corps qui s'est abandonné et qu'on a oublié une fois le bébé hors de danger, le corps inutile désormais, le corps à côté.

Mais le corps, lui, n'oublie pas, il se souvient, il continue à craindre la perte du bébé comme s'il n'était pas encore né, le corps est arrêté dans le temps infini de l'accouchement.

Elle est sortie du ventre, on l'a sortie du ventre, elle n'est pas tombée, elle n'a pas été poussée jusqu'au bout de l'humanité, on l'a extirpée de force avant qu'il ne soit trop tard, coups de scalpel pour libérer, quel ballet interne pour en arriver à cet état, entortillée, étouffée ;

trancher le cordon autour du cou, trois petits tours et puis partie, dégagée, elle respire, est-ce qu'elle crie ? ses yeux quelques secondes dans les miens puis envolée, elle et moi séparées deux fois, moi et ce corps découpé, divisé, la tête toute seule au bout du drap, flottant dans ce qui ressemblait peut-être à la réalité.

Une éternité.

Retour à la table de boucher, l'étal autour duquel s'affairent les uniformes verts, le ventre ouvert et vidé, le trou refermé avec du fil de fer, des barbelés, tout ce sang qui coule entre les jambes, mais il n'y a pas de sang sur un écran, le sang ne coule pas quand on écrit, on aime dire qu'on a saigné, que les mots ont coulé de nos veines, que c'était souffrant, pénible, que ça s'est fait à notre corps défendant, tous les jours s'astreindre à la même routine et espérer couvrir l'écran, l'habiter, remplir les blancs, cesser de faire marche arrière pour effacer, avancer sans se décourager, faire que la peur batte en retraite, qu'on continue à associer les mots librement avec cette demi-conviction qu'on va finir par trouver la chose qu'on veut raconter, se promettre qu'on va le faire jusqu'au bout, jusqu'à la fin du livre, cette fin du livre qui n'est pas un accouchement même si on aime le dire, dire qu'on a accouché d'une œuvre, alors qu'écrire n'est pas enfanter, le livre n'est pas un corps humain échafaudé mystérieusement à partir des cellules de son corps, et il faut ne pas l'avoir fait pour se permettre de nommer les choses ainsi, cavalièrement, il faut ne pas avoir vécu l'étrangeté dans le corps, l'invasion et l'inéluctable expulsion pour se vautrer dans une telle comparaison.

Faire la guerre non plus, ce n'est pas l'équivalent.

Non, je n'ai pas oublié, je n'ai rien oublié, ni ce qui est venu avant, ni ce qui s'est produit pendant, ni comment ça s'est passé après, le déroulement du film à partir du moment où j'ai compris que je ne m'appartenais plus, quand la pudeur soudainement ne servait plus à rien, le corps à ciel ouvert, quand les bruits autour ont pâli petit à petit, s'éloignant de plus en plus parce que les mots avaient cessé de compter, quand la peur s'est installée, la conviction profonde que quelque chose allait mal se passer, quelque chose était en train de mal se passer, il fallait réagir, vite, les battements de cœur qui ralentissent sous les capteurs de la petite cuillère installée contre sa joue à l'intérieur, pousser, pousser, mais le petit corps ne passe pas, il est arrêté au poste frontalier, et alors les renforts, l'armée vêtue de vert qui fixe les poignets de chaque côté, une mère aux bras en croix et un silence de mort qui tombe autour d'elle, le temps s'arrête, les gens s'affairent en respirant tout bas, des minutes qui s'étirent à l'infini derrière le drap tendu comme un rideau, le corps divisé entre le sommeil et l'éveil, celle qui ne sent rien et celle qui sent tout, celle qui est là tout entière et celle qui a battu en retraite, qui flotte quelque part au-dessus, incrédule, détachée, asphyxiée par la peur jusqu'à ce qu'enfin l'enfant soit là.

On annonce qu'elle est là, le petit corps soulevé au-dessus du rideau, et je reviens vers moi, le spectacle est terminé, cordon coupé, emmaillotée, glissée tout près du visage pendant un bref instant, mes bras toujours cloués, et après, dans la solitude de la nuit profonde, des fourmillements jusqu'au bout des pieds, l'impression étrange de paralysie, la peur de ne plus jamais pouvoir bouger, le bébé qu'on amène parce qu'elle pleure, mais le lait n'est pas encore monté et la nausée ne lâche pas, j'épouse les bourrasques de la tempête, la neige qui frappe les fenêtres, le vent qui siffle et se faufile, la poudre blanche en ouate, l'horizon perdu, l'hôpital, dehors et dedans, l'hôpital partout.

Non, je n'ai rien oublié de cette tempête-là, rien oublié alors que j'oublie les livres, toujours, comment ils arrivent, comment ils s'écrivent, des mots sortis de moi pour devenir aussitôt ceux d'une autre, retournés aux oubliettes de ce qui n'a pas encore été écrit, comme si ça n'avait pas encore été écrit, effet de halo qui efface chacune des étapes, je ne sais pas comment j'ai écrit mes livres, je ne m'en souviens pas, je ne sais pas pourquoi un livre s'écrit et pourquoi ce livre-là à ce moment précis, dans l'urgence de ce qui doit être mis en mots, transposé de la tête à l'écran, le geste inexplicable, répété jusqu'à plus soif, jusqu'à ce qu'il y en ait assez et que je puisse m'arrêter parce que c'est fini, je dois en finir.

Ça n'a rien à voir avec les quarante semaines comptées minutieusement et l'attente interminable, la crainte que ne se produise encore ce qui s'était produit avant, la fin à l'intérieur du corps, le regard qui scrute sans cesse, à l'affût des taches de sang, la vigilance paranoïaque qui ressent le moindre tressaillement, comme des bulles qui éclatent ou le léger mouvement des ailes d'un papillon contre les cloisons de sang, est-ce que le cœur bat encore ? est-ce que les cellules se multiplient ? est-ce que tous les morceaux sont là ?

Ça n'a rien à voir avec l'arbitraire du livre, ce qu'on a toujours le loisir de changer parce que ce sont mes mots, le chemin que je choisis, rien à voir avec celui que m'impose un processus biologique voulu mais qui ne m'appartient pas, sur lequel je n'exerce aucun contrôle malgré ce qu'on dit, bien manger, bien dormir, continuer à bouger, rester au calme, cesser de boire et de fumer, et si par malheur ça s'arrête, qu'est-ce que tu as fait ? ton corps n'était sans doute pas prêt, pas capable de contenir, trop mince, trop agité, trop âgé, et pourtant, ça finit par se loger à l'intérieur, et malgré la force du désir, je ne suis rien d'autre, désormais, que pure passivité.

On dit qu'on met au monde un livre, et la métaphore n'est acceptable que quand on sait qu'on ne sait pas, je ne sais pas d'où vient le désir d'enfant et je ne sais pas non plus d'où vient le désir d'écrire, pourquoi faire un enfant, pourquoi faire des livres, pourquoi je n'ai jamais voulu avoir d'enfant jusqu'au jour où ç'a été l'évidence absolue, sans aucun doute, et pourquoi vouloir écrire ce livre-là maintenant, dans l'urgence, aujourd'hui ou jamais, maintenant sans arrêt jusqu'à ce que j'en aie fini, encore un moment malgré les faux départs, les tentatives avortées, les fausses couches et les documents jetés, malgré la douleur qui effrite le désir, l'impression de ne pas y arriver, penser que jamais ça n'arrivera, l'enfant ou le livre.

Elle était la dernière chance, et souvent, peut-être même chaque fois, je me dis que j'écris le dernier livre, je me le dis quand j'ai fini, comme un constat, voilà, ça y est, c'était le dernier, mais ce n'est pas vrai, pas tout à fait, ça dit seulement qu'encore une fois, après, je vais oublier comment je l'ai fait.

Mais il n'y a eu qu'une seule enfant, l'incomparable de cette tempête, la chambre d'hôpital, les couloirs, le bloc opératoire, les uniformes verts, les fenêtres couvertes de givre, le brouhaha des familles, ne plus savoir dormir, comment réintégrer ce qu'on appelle la vie, demander de rester s'il vous plaît encore une ou deux nuits, question de trouver une boussole, comment m'orienter désormais, comment ne pas mourir de peur maintenant que je sais ce que ça veut dire d'avoir peur qu'elle meure, une peur qui ne va plus me quitter, une peur qui va me hanter pendant des jours, des semaines, des mois, jusqu'à ce que je la cache au fond de moi, que j'apprenne à vivre en la faisant taire, tout le temps sauf au milieu des nuits d'insomnie, encore aujourd'hui, dans ce demi-sommeil qui tord les ombres, fait apparaître les fantômes et les monstres, et me fait penser au pire.

Tout ça a rendu impossible le désir d'un autre enfant, nous avions survécu, ça ne pouvait arriver qu'une seule fois.

Alors qu'un livre… est-ce qu'on survit à l'écriture d'un livre ? Est-ce que le fait d'écrire recèle un danger de mort ?

Très vite, après, j'ai voulu la reprendre à l'intérieur de moi, l'avaler pour qu'elle retrouve sa place dans le ventre, faire coïncider celle que je reconnaissais à l'extérieur de mon corps avec celle qui y avait été logée, les formes, les gestes, mais maintenant elle était dans mes bras, et même si je la sentais aussi dans mon ventre, dehors et dedans à la fois, désormais elle n'y serait plus jamais, elle resterait dans le monde, ce monde où on aime dire qu'on accouche d'un livre comme si la métaphore était permise, comme si ça allait de soi, ce qui se passe dans un corps et ce qui ne passera jamais par là, pas vraiment, pas comme un corps habite et quitte un autre corps pour ensuite vivre tout seul de son côté, on le dit comme une évidence, une chose qu'on sait, comme on dit que les accouchements sont vite oubliés, pour continuer à couper la poire en deux, que chacun sache sur quel pied danser, alors qu'on n'oublie pas, non, on n'oublie pas ça, jamais, ça ne s'oublie pas, et faire un livre, ça n'a rien à voir.

Naître

Anaïs Barbeau-Lavalette

À ceux qui gouvernent, je dépose, ici, une prière.

Parce qu'il n'est plus beau de naître. Parce qu'on porte maintenant 58,6 tonnes de CO_2 à venir dans un ventre qui s'arrondit. Parce que ça fait partie de ce qu'il faut vite arrêter : donner la vie. Comment en sommes-nous arrivés là ?

J'ai accouché trois fois. J'ai tout aimé. Devenir lunaire, m'enfoncer dans la terre, être puissante et friable à la fois, m'ensauvager, me délier, crier, embrasser l'enfant, goûter sa peau ferreuse, sentir son pouls contre mes seins. Tout aimé.

Et à l'aube de mon dernier souffle, ces naissances resteront ce que j'ai fait de plus beau, de plus amoureux, de plus engagé, de plus entier, de plus vrai.

Pour vous, au sommet, qui êtes nés aussi. Pour vous, qui peut-être êtes parents, j'invoque le souvenir de ce vertige-là, qui fait de nous des êtres vivants. Ce vertige-là, immense, qui nous relie irrémédiablement à demain.

Puissions-nous orienter le monde pour que naître ne devienne pas une défaite. Pour que naître reste beau, pour que naître reste une fête.

Je dépose, ici, une prière.

*

Au milieu d'un embouteillage, je souffle. Dehors, c'est gris et immobile. Dedans, c'est mouvant.

Je suis étendue à l'arrière d'une vieille voiture rouillée, héritée des tantes qui ont élevé et sauvé ma mère. Une voiture aimante, beige et épluchée : la voiture champagne. Mon homme agrippé au volant, scrutant l'horizon comme pour le faire venir à lui.

Mon souffle m'échappe.

— La tête est là !

On est presque arrivés. Je sais. Mais je ne peux pas attendre. La tête est là, sur le bord de l'autoroute.

La voiture champagne se dépose en diagonale devant le Couche-Tard. Mon homme s'expulse en criant à l'aide, avant de se pencher sur moi. Nos regards s'embrassent pour ne pas s'échapper.

La mort qui ne me fait pas peur vient soudain poser son manteau lourd de possibles sur moi. Sur mon enfant.

Je dérape, la douleur se propage jusque dans ma tête, me prend tout entière, je glisse sans savoir à quoi m'accrocher. Dehors, c'est froid et laid, aucun rempart. Sauf Lui, soudainement plus grand que nature. Cet homme-là que j'ai souvent consolé, sa fragilité au creux de mes paumes, cet homme-là qui devient un arbre. Un chêne solide au bord de l'autoroute, brèche victorieuse au flanc du désert urbain.

« Ici le service d'urgence, répondez à la question : est-ce que la madame respire ? »

La « madame » c'est moi. Dont le ventre se déforme. Mes mains qui déchirent la banquette humide, pendant que mon homme-chêne s'enracine dans le stationnement de mon accouchement. Sur l'autoroute, le flot continu de ceux qui vont quelque part.

À l'aide.

L'enfant veut sortir mais j'ai peur comme jamais. Peur que son cœur se fatigue, peur que le froid le saisisse et me le vole, peur que mon bébé se fasse avaler par le gris, par le laid.

Noir. Mes yeux fermés. Me raccrocher à elles, me sauver. À ma mère d'abord. Ma mère volcan ma mère qui danse ma mère amour ma mère criante ma mère qui veille et me dit : « C'est toi qui la fabriques, la beauté. » OK. OK maman.

Puis m'agripper aux autres, à toutes les autres.

Sur le bord de l'autoroute, en diagonale dans le stationnement du Couche-Tard, je traverse les mers, j'arpente les hameaux des sommets, je plonge dans le creux des villes fourmilières, je scrute les déserts de neige et de guerres. Et je me rapproche de toutes les femmes du monde, suantes et puissantes. Je me lie à elles, amoureuse. Je fusionne avec leur foi, leur sève, leur sang, leur bave, leur sexe. Leur souffle chaud dans mon cou, leur odeur sanguine dans ma bouche, leur eau sur mes cuisses. J'accouche avec elles.

L'enfant naît dans la poche des eaux : on dit qu'il est couronné. Mon homme le cueille dans sa bulle. Un poisson dans son océan : sa petite bouche qui s'ouvre vers le ciel, son petit corps encore protégé du monde.

D'un doigt écorché, d'un ongle brisé, d'une main musicienne, de la plus belle main du monde, ton père déchire ton enveloppe.

L'eau s'écoule sur lui. Tu es là. Ton regard noir absolument surpris. Ton petit corps mauve qui flashe sa fraîcheur aux automobilistes endormis. Ils ont oublié le début. Te voilà pour le leur rappeler.

Ton père te dépose sur moi. Je te rencontre ici. Mon petit Roi mauve et glissant. Es-tu vivant?

« Ici le service d'urgence, est-ce que l'enfant respire? »

Tu es silencieux.

Autour de nous papillonne la caissière adolescente du Couche-Tard, subjuguée. Elle a seize ans, les cheveux roses et la chienne de sa vie. Elle est notre infirmière du moment. Sur le qui-vive, elle court pour un lacet à nouer autour du cordon, elle court pour une couverture chaude, elle court, choquée par cette fêlure violente dans son quotidien: un nouveau-né gluant gémit dans son parking.

Mon homme-chêne traverse l'inconnu de grands gestes délicats et pourtant assurés. Posé et parfaitement là.

L'enfant ne pleure pas, l'enfant est mauve, mais mon homme rassure le service d'urgence: « Non, madame, le cordon n'est pas autour du cou. »

Il repousse la peur à coups de cœur pulsant, et orchestre la naissance de notre fils.

Nous en faisons une symphonie de bitume, une résistance heureuse.

Les sirènes au loin : la police.

Le ciel se couvre, une tempête en promesse.

Je te tiens contre moi et je la sens soudain. Cette souple pulsation. Le début de ta vie.

Et tu pleures enfin.

Notre roi s'appelle Ulysse et commence son voyage dans une voiture champagne sur le bord d'une autoroute en tempête.

Ce jour-là révèle le plus majestueux de nous trois.

*

Je dépose ici une prière. Pour que naître reste beau, pour que naître reste une fête.

Petit sorcier

Elsa Pépin

Longtemps, j'ai rêvé que j'accouchais. La scène baignait dans la lumière. J'y découvrais une force inconnue, absolue, sacrée. Un jaillissement solaire où se relâchaient des nœuds insoupçonnés. J'y découvrais ma toute-puissance divine. Je maîtrisais le monde.

Dans la réalité, après un rendez-vous manqué à cause d'une fille placée en siège qu'il fallut sortir par césarienne, la seconde naissance, celle qui a laissé une empreinte à jamais dans mon corps, ma tête, mes os et scrapé mon égo de femme à qui la vie réussit assez bien, n'a guère été une explosion de force et de lumière mais son contraire. Une dépossession, une soumission au vide, un trou noir m'engouffrant dans sa gueule de loup.

Une naissance qui ressemble à un requiem.

INTÉRIEUR NUIT. Mon travail commence la nuit, du fond de l'abîme. Une ombre entre dans ma chambre et guette, au seuil de mon ventre clos.

Je sursaute et n'ai d'autre choix que de la laisser venir. Curieuse secousse différente de la première fois, souterraine, cherchant son chemin dans mon corps étranger à sa présence. Elle s'immisce entre mon fils et moi. Les premières contractions, leur rythme long et lent, lancinante danse de mes entrailles, plongent mes racines vers le monde des morts. Oui, les morts. Je les sens là, dans cette emprise utérine tortueuse. Ce remuement des viscères croise le fer du plaisir avec celui du trépas. Je deviens une voie de passage, le Styx qu'il faut traverser pour accéder à la vie.

Pendant plusieurs heures, je reçois seule ces appels d'outre-tombe sans réveiller le père qui dort à mes côtés. Je retarde le moment où je devrai sortir de cet échange secret. Le livrer au grand jour. Une force cherche à me désarçonner, à me retourner de fond en comble. Les vagues, d'abord espacées, comme des coups lancés depuis le fond d'un puits lointain, reviennent à intervalles de plus en plus réguliers, s'approchent progressivement. On m'avait dit de compter les minutes, de mesurer leur venue comme on calcule un enchaînement chorégraphique, mais je perds le fil, je refuse de m'en remettre aux mathématiques, catapultée à la lisière de deux mondes qui jamais ne se sont parlé. Chaque contraction fait glisser mes plaques tectoniques. Je veux épouser ce ressac. Goûter la pleine saveur de cet événement unique que je crois encore capable d'être grandiose. L'apothéose de ma vie de femme. Cette nuit-là, j'apprivoise une force qui me possède. L'obscurité est mon alliée.

Vers 4 h du matin, je réveille le père parce que j'ai peur d'accoucher aussi vite que ma fille aînée était venue. Les vagues ne s'arrêtent pas. Leur constance marque le début de l'autre vie. Je reste le plus longtemps possible au lit, dans la pénombre, accrochée à l'ombre comme on s'accroche à un rêve s'évanouissant au réveil. Ce quelque chose d'irréel qui appartient à la grossesse, fusion sans effort que je résiste à laisser partir.

Ma mère arrive une heure plus tard pour s'occuper de mon aînée. Je me souviens de son maquillage comme de la plus aberrante des choses dans ce commerce secret qui prospère au fond de moi. Son visage paré, incongru, premier signe d'un monde extérieur s'insinuant dans ma tanière. Un monde qui poursuit sa routine alors que j'en suis coupée, appelée vers un pays obscur qui ne supporte aucun fard.

Le temps que le père rassemble nos affaires, nous partons à cette heure ni du jour ni de la nuit. Cette heure abandonnée des vivants, où la vie sourde, utérine vient cogner aux ventres des mères à terme pour couper le canal qui retient au fond les nouveaux arrivants. Le père conduit lentement. J'essaie de respirer dans la douleur, dans cette heure grave et magique, mais déjà les murs gris des édifices et les phares des rares voitures perturbent mon voyage. Ça pue la banalité. Je voudrais revenir à la noirceur de ma nuit, seule avec elle, l'ombre du petit garçon qui n'est pas encore un visage, pas encore une voix. Je dessinerais son profil en le mettant au monde.

L'hôpital est calme, presque vide. Nous parcourons d'interminables corridors, des kilomètres de couloirs trop blancs, trop propres. À la maternité, l'extraordinaire devient ordinaire, quotidien. Mon travail se voit affiché sur un écran lumineux parmi d'autres naissances à venir. Une infirmière m'accueille et me pose des questions dans un bureau fade. Je dois ignorer le tremblement immense qui agite mon ventre, ses secousses géantes, le langage des méduses qui m'habite et ne trouve aucun écho dans la conversation, mais on a l'habitude de voir les futures mamans se contorsionner sur leur chaise et se noyer dans leur corps. Ici, on reçoit les naissances, on les orchestre, on prend la place de Dieu.

Après que j'ai rempli des formulaires, raconté trois fois plutôt qu'une le scénario de ma vie utérine, on branche mon ventre sur un moniteur. Le petit cœur bat maintenant en stéréo dans une chambre d'hôpital divisée en sections par des rideaux. Un cœur radiophonique pompe l'air d'une chambre étrangère. La vie retransmise en captation technologique. Les contractions s'écrivent désormais sur un écran en un long trait montagneux, transcription calculée du chemin houleux que le travail fore en moi. On dessine la vie de mes entrailles pendant que gémit à côté une femme au bout de ses forces et qu'une autre raconte en long et en large ce qui s'est passé durant sa nuit, apprenant qu'elle serait alitée jusqu'à son accouchement prévu dans quatre mois. Trop de vies et d'histoires sur trente mètres carrés. J'ai envie de retourner dans ma tanière.

De grandes vagues me pénètrent toutes les dix minutes et on me dit que je vais sûrement devoir rentrer chez moi. Je reconnais le travail, j'ai déjà accouché mais ce n'est pas moi qui décide.

INTÉRIEUR JOUR. Il est 7 h, l'heure du changement de *shift*. Les employés de nuit vont se coucher alors que s'active dans la pièce et dans les haut-parleurs une vie de jour, plus soutenue. Je crois qu'à cet instant quelque chose dans la chaîne se brise. La nuit cède au jour, remisant le mystérieux échange qui se jouait en secret entre mon fils et moi au fond d'un océan lointain.

Le père va se chercher à déjeuner et m'apporte un sandwich. Je grignote quelques bouchées entre deux contractions. La vie normale reprend son cours.

Vers 10 h, on décide d'accepter mes contractions comme celles du vrai travail. Admise dans une chambre d'accouchement, je suis frappée par son équipement sophistiqué. Instruments, machines, ballon, matériel de support. On dirait une chambre d'hôtel. Mon ventre est toujours branché sur un moniteur que je ne peux pas quitter. Je vais vivre un AVAC, comme on dit dans le jargon. L'« accouchement vaginal après césarienne » comporte le risque d'une rupture utérine et doit être soumis à un protocole strict. Les heures passent lentement, accueillant une douleur en crescendo pour me laisser de plus en plus meurtrie par l'ampleur du mouvement qui avait été si rapide et sans douleur à l'arrivée de ma fille.

Impatiente, elle avait fait son chemin jusqu'à la sortie en deux petites heures seulement. Je me fie à la rapidité de la première pour jauger le second, découvrant à mon grand désarroi que chaque enfant vient à son rythme. Celui de mon fils sera lent.

Je plonge petit à petit dans une zone de turbulences avancée, accusant des contractions monstres toutes les trois ou quatre minutes qui me laissent à peine le temps de reprendre mon souffle. Il est peut-être midi. Cela fait bientôt douze heures que je suis en travail et trente que je n'ai pas dormi. Je n'ai pas le droit de manger bien que mes forces s'amenuisent, au cas où l'on devrait à nouveau m'ouvrir le ventre. Pour moi, cette option n'est pas envisageable. Mon enfant est bien placé. Je vais réussir ce que la nature permet à la majorité des femmes et des femelles sur terre. Ma cicatrice va tenir. Il en va de ma dignité et de bien d'autres choses que je découvrirai plus tard. Accoucher par voie naturelle, n'est-ce pas la preuve absolue de la féminité ? Le sceau confirmant mon appartenance à l'espèce ?

Mais la panique me gagne. Je suis à mi-chemin et plus rien ne peut entrer dans mon corps. Je cherche un repère, un appui, mais je suis une île dans la nuit. Seule, perdue, incapable de me frayer un passage parmi ces gens qui calculent, mesurent, entrent leurs mains dans mon vagin à tout bout de champ. Tout me désobéit. Mon souffle, ma persévérance, ma volonté. Une à une, les armes que j'ai levées, étrennées, qu'on m'a léguées pour me battre se dérobent, deviennent impropres au combat. Les forces s'éteignent comme des lampions inutiles. Les néons m'éblouissent; je veux du noir, noir comme celui dans lequel il baigne. Je veux le rejoindre, m'accorder à sa danse des ténèbres, qu'il me conduise vers mes eaux profondes. Je suis le Styx et on me parle de centimètres, de minutes et d'épidurale.

Une voix me tire de ma torpeur. Elle me dit que je vais donner naissance à mon fils. Qu'il est prêt à naître, qu'il sera là bientôt. Une main sur mon épaule. Je pleure. Je viens de réaliser que je vais rencontrer mon enfant dans quelques heures et que c'est pour ça que je suis là. Personne n'avait eu l'obligeance de me le rappeler et, aussi bête que cela puisse paraître, j'avais besoin de me faire dire pourquoi j'étais déchirée en quatre. Cette infirmière crée une parenthèse dans le bal médical. Je retrouve des forces. Le père est toujours là, attentif, volontaire, présent. À cet instant, je crois que nous y arriverons.

Je hurle, de longs râles graves, profonds. Pendant plusieurs heures, je passe par toutes les positions, accroupie, debout, sur le côté, avec les doigts du père enfoncés dans des points stratégiques de mon dos et qui me laisseront des bleus. Je m'ensauvage. La douleur creuse son chemin.

Puis, une infection. On me donne un antibiotique. Progressivement, la douleur devient plus aiguë, plus malicieuse. Je suis sonnée, désorientée, perdue dans une forêt de souffrance intenable et encore à mi-chemin. Il est peut-être 17 h. Presque vingt-quatre heures que mon corps traverse l'enfer. Épuisée, je demande l'épidurale.

À six reprises, on essaie d'enfoncer l'aiguille dans mon dos mais je suis fiévreuse, tendue comme un arc et secouée par des contractions géantes. Une peur aveugle me saisit, me gèle les entrailles. L'anesthésiste paniquée me demande de me relâcher. Je baigne dans une mare de sang, laissée par les nombreuses tentatives de piqûre ratées. Je vois la catastrophe laide et simple d'une anesthésie manquée. Paralysée. Le scénario rare, malchanceux, dont on m'a avertie qu'il pouvait survenir dans un cas sur combien déjà ? Finalement, l'aiguille fait son chemin et on m'inocule le puissant narcotique. Je m'étends sur le dos et mon corps me quitte, couche par couche. J'entre en apesanteur. Je me perds. Plus rien. Mon ventre et mes jambes disparaissent derrière un voile indolore.

Je me repose artificiellement, déconnectée de la tempête dans mon ventre. L'absence de mon corps me terrorise. Je dois accoucher et voilà qu'il s'éclipse. Disparu quelque part entre moi et le lit où je suis étendue, inerte. Un froid de mort me traverse l'épine dorsale. Et au-dedans, le volcan, la vie qui bout, le cœur qui bat, la chair qui cherche à se séparer de moi. Mais je ne suis plus là. Ce tumulte muet cristallisé dans mon ventre de verre diffuse ses vagues dans le vide de moi.

Sur l'écran, j'observe le mouvement de ma chair involontaire de laquelle j'ai été expulsée. Ça se joue désormais entre lui et eux, le personnel médical. Deux corps étrangers qui travaillent à mon insu.

On revient vers moi. Le travail ralentit. On me donne de l'ocytocine pour stimuler les contractions. Le travail reprend de plus belle sans moi. Je suis spectatrice de mon propre accouchement.

INTÉRIEUR SOIR. Je flotte au-dessus d'un temps éternel, un bris dans l'histoire menant vers ma dissolution. « Le col de l'utérus s'est effacé. Il faut pousser maintenant. » Je ne sens toujours pas la vie dans mon ventre, là où un petit être demande à sortir enfin. Je ne sais par quel chemin mon corps s'est rendu jusque-là, jusqu'à l'ouverture complète de ce passage étroit, sans mon aide, sans ma présence, presque malgré moi. Le moniteur signale la contraction et le moment où je dois pousser. Dépendante des indications des médecins, des commandements d'un dieu fabriqué sans mon consentement, je perds la foi.

Je vois dans le regard du père que cela ressemble à une mauvaise répétition d'une scène de film où une femme accouche. Elle pousse quand on lui dit de le faire. Pour le jeu. Pour l'image. Rien ne sort.

Après une longue période de tentatives où je me regarde essayer d'accoucher, une des médecins finit par m'annoncer que le cœur du bébé est en détresse. Une brèche s'ouvre dans mon scénario cinéma. Mon fils ne suit pas le film qui se déroule derrière les parois étanches de son cocon. Je ne suis plus prioritaire. On va m'ouvrir le ventre à nouveau.

Longtemps, je revivrai cet instant en boucle dans ma tête. Le moment où j'ai dû cesser de me battre. Abdiquer devant une force au-dessus de moi. La capitulation. L'échec à franchir la limite au-delà de laquelle les femmes expulsent. Cette porte les menant à l'abandon. Cette porte qui est restée fermée pour moi, m'interdisant le passage.

Mon absence dans ce long combat prend tranquillement la forme d'un frisson glacial, d'une lame de couteau qui cherche à me dépecer. La souffrance endormie réplique sous une forme nouvelle et traître. Une convulsion sans fin, comme un spasme de vie étouffée dans des couches de glace. Convulsion qui me prend en otage. Me définit.

J'entre en salle d'opération fiévreuse, nauséeuse et agitée par ce spasme incontrôlable obstruant ma respiration. Je ferme les yeux. Je ne veux rien voir. On prépare le matériel et on m'anesthésie. Mon corps m'abandonne totalement.

Atteinte à la moelle, dans la dure-mère, jusqu'à l'émail de mes dents, je suis érodée par la douleur, dévorée par une peur panique qui s'insinue dans mes os. Mon squelette blanc se cogne contre les parois de ma chair morte. Le spasme. Il naît dans mon cou tordu par un courant électrique, m'étreint et m'étrangle. J'apprendrai plus tard que ce tremblement est fréquent dans les corps en surdose de narcotiques, affolés, en mode survie. Je supplie l'infirmière qui m'accompagne durant la très longue césarienne qui nécessitera des soins spéciaux de faire cesser ces tremblements qui m'avalent, m'anéantissent. Elle ne peut rien me donner. La main du père me serre fort, sa voix m'épaule, mais entre deux vomissements je m'éloigne de la salle d'opération, des blouses blanches, des masques, de ce voile qui me sépare de mon bas-ventre et me cache le charcutage opéré dans mes organes. Je quitte la surface de la terre, rattrapée par une immense solitude. Un train me fend le corps. Je cherche par tous les moyens à le calmer, mais je suis crispation. Un nœud gordien.

LUMIÈRES. Je fuis les néons en restant tapie dans la noirceur. Je passe une heure à me débattre dans une nuit incendiaire. Un feu me dévore, me consume, je cherche je ne sais quoi mais je cherche ardemment une voie, un passage, un appui, un chemin au milieu du fouillis de ma chair électrique. Mon fils est extirpé de mon ventre pendant que je mute, me noie, étouffe sous la strangulation de ma propre chair, froide comme l'acier. Transfigurée en martyre sur une table d'opération immaculée, les bras attachés en croix. La scène presque biblique. Mon accouchement profané. Les scalpels et les échanges stressés d'un corps médical en alerte m'empêchent de tuer la bête qui me ronge. Il y a trop de réalité, trop de blanc aseptisé, trop de lumière pour pénétrer dans la caverne. Je glisse. Je m'enfonce. Je laisse mon fils naître sans moi, lui envoyant du fond de mon trou un appel à vivre.

*

INTÉRIEUR JOUR. Il est sorti sans bruit, sans doute étourdi par l'interminable danse de sa demeure tremblante. Silence de mauvais augure. Ce moment d'attente infini m'étire les organes comme une pellicule de film vierge qui tourne à vide et persiste à ne diffuser aucune image, aucun son. Muette et sans histoire.

Puis, il pleure, de pleurs un peu sourds, presque trop lointains pour être ceux de mon enfant, et on l'emporte tout de suite pour des soins en néonatalité. Je devrais m'affoler, mais je suis toujours captive du spasme dans mon corps moribond. Je suis incapable d'inquiétude, de compassion ou de peur.

*

Ils m'ont recousue, sans doute en faisant de leur mieux, mais cette couture n'aura pas réussi à cacher mon combat. Tortueuse, inégale, déchirant les ligaments au passage, la cicatrice écrit sur mon ventre la lutte infernale qui m'a agrippée en cette journée du 8 juin, pour me laisser un fils le lendemain.

Ils ont déposé le poids de son petit corps chaud contre ma poitrine et le séisme s'est tu.

D'un coup. Un coup de cœur battant, de matière vivante, de souffle humide sur mes os glacés. Un coup de vie dans mon antre froid.

En naissant, mon fils a déposé la mort dans mon corps et m'a ramenée à la vie. Il m'a entraînée là où je ne respirais plus. Un endroit extrême où la force et l'équilibre ont été anéantis. Il m'a fait sombrer, m'a parcourue comme on parcourt le Styx et s'est extrait de moi vivant, me transformant en nouvelle-née scrapée. Encore à ce jour, je me surprends à chercher une certaine unité perdue, souvenir de chairs, de présences, de corps unifiés, à jamais pulvérisée par cet accouchement, mais surtout, par les séquelles qu'il laisserait en moi. Dans mon corps de mère, consacré, traversé.

Mon fils, petit sorcier, m'a fait voir en naissant ce qu'il y a d'indestructible en moi. Et tout ce que je devais accepter de perdre pour y accéder.

Les enfants soldats

Mélissa Verreault

L'anesthésiste m'exhortait à courber le dos et à me détendre, sans quoi elle n'arriverait pas à insérer son interminable aiguille sous ma chair. Mes muscles refusaient de se relâcher, mes vertèbres restaient soudées les unes aux autres, tâchant de se protéger de l'envahisseur. Seulement, l'envahisseur, il venait du dedans. Trois recrues avaient creusé leur abri dans mon ventre et décidé, en cette pluvieuse journée d'avril, qu'il était temps de sortir des tranchées.

Quitte à en crever.

— Madame, rentrez les fesses au lieu de les sortir.

— J'ai mal. Je peux pas faire mieux que ça.

— J'vais vous mettre dans la bonne position moi-même, alors. Sinon, j'vais être obligée de vous endormir et ça pourrait devenir dangereux pour les bébés.

Son ton était aussi sec que les maudits biscuits soda qui accompagnaient tous mes repas depuis cinq jours. Elle me plia en deux et me serra tout contre elle. Le visage logé dans sa poitrine, je respirais difficilement. Sa chemise bleue sentait le javellisant. Son cœur battait encore plus vite que le mien. Elle réussit finalement à m'injecter le liquide qui endormirait le bas de mon corps, le temps de l'intervention. La piqûre eut un effet immédiat. Ma tête semblait s'être détachée du reste. L'engourdissement s'étendait jusqu'à mes doigts. On me posait mille questions auxquelles je n'avais pas de réponses ; mon cerveau était trop occupé à savourer ces premiers instants sans douleur depuis le début de la journée.

*

Cinq jours plus tôt, je m'étais pointée à l'un de mes examens de routine à la clinique spécialisée pour les grossesses à risque. Le GARE – là d'où ne partait aucun train. Dès que j'avais ouvert les jambes, Dre Gouin, ma gynéco, m'avait lancé : « Toi, tu restes ici. » Même pas question de retourner chez moi pour faire ma valise. C'est Francesco qui devrait se charger de préparer mon petit bagage. Le choix de vêtements ne serait pas difficile à faire : il n'y avait plus que trois t-shirts et deux pantalons dans lesquels je rentrais encore – les six repas quotidiens que j'engouffrais depuis quelques semaines avaient fini par donner des résultats.

— Et mes cours de préparation à la naissance ? J'étais censée les commencer mardi prochain.

— Annulés.

Docteure Gouin ne laissait place à aucune négociation. La guerre était déclarée. Et on ne discute pas, en temps de guerre. On obtempère. La préparation, c'était superflu. La naissance, moi, je vivrais ça au présent. Sans examens préalables pour vérifier ma compréhension de la matière ni conseils d'experte sur la bonne manière de respirer quand une tête humaine vous pend entre les deux jambes. Il me faudrait respirer à ma manière. Inventer l'accouchement.

Malgré le fait que j'étais au repos forcé depuis plus d'un mois et que je passais la majorité de mon temps en position assise, le col de mon utérus avait travaillé trop fort et n'arrivait plus à tenir le coup. En fait, il avait complètement disparu, remplacé par une béance de deux centimètres. J'étais une brèche. Tout pouvait entrer en moi ou en sortir. Une porte ouverte pour les bactéries, un sas libérateur pour les bébés. Il fallait me colmater. On ne me faisait plus confiance. Je devais demeurer couchée toute la journée et, cette fois, on s'assurerait que je respecterais la consigne en me surveillant vingt-quatre heures sur vingt-quatre.

— Pas le droit de m'asseoir ?

— Surtout pas. Trop de pression sur ton utérus.

— D'accord, caporal.

On m'autorisait à me lever seulement pour aller aux toilettes. « Privilège pipi » : c'est ce qui était écrit sur la prescription de la gynécologue. J'ignorais que pisser était un privilège, croyant plutôt qu'il s'agissait d'un droit. Pas quand on est enceinte. Quand une femme est en cloque, ses libertés les plus fondamentales en prennent pour leur rhume (et si elle l'attrape, le rhume, on l'accusera de ne pas avoir été assez vigilante et de s'être exposée aux germes sans considérer les conséquences fatales que cela pourrait avoir). Ce qui prime, c'est la survie des fœtus, pas la santé mentale de la mère ni l'état de sa vessie.

*

Ce matin-là, je n'avais même plus la force de me redresser pour profiter de mon privilège pipi tant les crampes étaient insupportables. Prenant le tout à la légère, l'infirmière m'avait conseillé de me coucher sur le côté droit, pour voir si la douleur ne s'estomperait pas. Au contraire, les contractions s'étaient amplifiées. Plus tard, une seconde infirmière, dans un élan d'originalité, crut trouver une solution à mon problème en me proposant de m'allonger sur le côté gauche. Au cas où ça m'aiderait.

Pas du tout.

On finit par prendre mes plaintes au sérieux et par appeler la gynécologue de garde.

— Ça tombe bien, c'est le tour de Dre Gouin, affirma l'infirmière avec le même enthousiasme que si elle m'avait annoncé que je venais de gagner un million de dollars à la loterie.

Ç'aurait bien pu être Pierre le garagiste ou Sylvain le plombier qui étaient de service, je n'en avais rien à foutre. J'espérais seulement qu'il aurait le bon outil pour mettre fin à ma souffrance.

Lorsque la médecin arriva dans ma chambre et qu'elle vit mon visage empourpré, le sien s'assombrit subitement. Elle savait que je ne feignais pas. En enfilant sa main dans mon vagin, elle put confirmer que mes râles avaient leur raison d'être : j'étais dilatée à cinq centimètres.

— Je reviens dans quinze minutes pour voir comment ça évolue. Si j'étais toi, j'appellerais mon amoureux pour l'avertir. Y a de bonnes chances que l'accouchement ait lieu aujourd'hui.

J'obéis et appelai Francesco au travail. Je ne l'appelais jamais au travail. Sa voix était faiblarde, comme enrouée. Il avait peur.

Docteure Gouin revint me voir tel qu'elle l'avait promis. J'étais dilatée à huit centimètres.

— Y a plus de revenez-y, ma belle. Il faut t'accoucher d'urgence. Je convoque l'équipe de néonatalité. On se revoit en salle d'opération. Surtout, d'ici là, pousse pas. Je sens la tête de Bébé n° 1, elle est prête à sortir, mais retiens-la encore un peu, OK ?

— Je vais faire de mon mieux.

Dans les films, les obstétriciens, les sages-femmes et les époux disent toujours aux parturientes : « Vas-y, pousse ! Pousse ! Pousse ! » À moi, on me conjurait de ne pas pousser, de serrer les fesses et de retenir mes bébés, de laisser le temps au chirurgien d'aller les chercher lui même afin qu'aucune d'elles ne manque d'oxygène. Hollywood nous prépare bien mal à la réalité.

Trente minutes après que je lui eus téléphoné, Francesco débarqua dans ma chambre d'hôpital. Juste à temps pour mon départ en direction du bloc opératoire. Heureusement qu'il n'avait pas été coincé dans le trafic ; il aurait raté la naissance de ses filles. Il n'avait évidemment pas eu le temps d'aller à la maison pour se changer. Sa chemise de flanelle à carreaux était couverte de bran de scie. Une odeur de bois fraîchement coupé envahit l'étage, signe que nous nous apprêtions à pénétrer dans une forêt inquiétante. La canopée dense empêchait la lumière d'éclairer le chemin.

On fit rouler mon lit jusqu'à la salle d'opération. Les néons des corridors défilaient au-dessus de ma tête. J'essayais de comprendre où j'étais. Jamais je n'aurais pu refaire la route inverse. Mes repères avaient disparu. Perdue dans ce labyrinthe, j'avais seulement envie de rire. Le contrôle de mon corps et de ma vie ne m'appartenait officiellement plus. Étonnamment, je trouvais cela réconfortant.

J'étais prête à tout. À souffrir, à pleurer de joie, à me faire annoncer que mes bébés ne survivraient pas, à voir mon amoureux s'évanouir, à mourir moi aussi. Personne ne pouvait me dire comment se déroulerait la suite des choses. Tous ignoraient de quoi aurait l'air l'avenir. Une grande fête où les invités n'ont aucune idée de ce qu'ils sont en train de célébrer.

Les prochains jours, les prochaines heures, les prochaines minutes formaient un immense trou noir qui cherchait à nous aspirer. Le dépit pouvait se lire sur le visage des médecins, si habitués à maîtriser la situation et à connaître le remède à tous les bobos. Dans le grand livre de la vérité, page 2763, un énorme blanc. Pour la vie qui se présente un peu trop tôt, il n'existe aucune cure miracle. Seuls l'espoir et la patience permettent de traverser ce genre d'épreuve.

Couchée sur la table d'opération, je ne voyais que du bleu. Un tissu m'empêchait de regarder mon corps charcuté. Francesco vint me rejoindre. Il s'assit sur un tabouret inconfortable à ma gauche et prit ma main. La sienne était moite. Ses caresses peinaient à se rendre jusqu'à moi. Je souriais bêtement, le cœur allégé par la drogue.

— Qu'est-ce que tu fous torse nu, en dessous de ta chemise d'hôpital ? lui demandai-je en rigolant.

— L'infirmière m'a dit de me préparer pour faire du peau à peau avec les bébés.

J'éclatai de rire. La pauvre dame n'avait sans doute pas saisi que je m'apprêtais à accoucher de trois bébés ayant passé à peine vingt-sept semaines en mon sein. Trois mois de moins que prévu. C'est pour cette raison que se trouvait à mon chevet une armée de gynécologues, de chirurgiens, d'anesthésistes, de néonatalogistes, d'infirmières et d'autres curieux venus écornifler la scène. Je n'aurais pas été surprise que derrière les portes battantes de la salle se soient ameutés des journalistes, des paparazzi et des badauds en manque de sensations fortes. J'apprendrais plus tard que des externes avaient même manqué un de leurs cours pour assister à mon accouchement. « C'est tellement rare que ça arrive, un événement comme celui-là, on pouvait pas le rater. » Malheureusement, lorsque viendrait le temps de passer des nuits blanches à donner des biberons et à changer des couches à ces trois poupons si exceptionnels, toutes ces personnes auraient mystérieusement disparu et nous serions laissés à nous-mêmes et à notre fatigue éternelle. En grandissant, les miracles perdent de leur attrait, jusqu'à se fondre dans la masse des vies sans importance.

Soudain, une personne m'invita à regarder dans sa direction ; elle tenait dans ses mains Bébé n° 1.

Léa.

Francesco et moi l'appelions ainsi depuis le tout début. Elle était là maintenant, bien vivante. Dans le monde. Avec nous. Je n'avais pas senti qu'on l'avait extirpée de moi, je croyais que l'accouchement n'avait pas encore commencé.

Donner la vie sans s'en rendre compte. C'était possible. Au fond, je ne m'en étais pas aperçue davantage lorsque cette même vie s'était implantée en moi. Elle faisait ce qu'elle avait à faire, sans me demander mon avis.

Coiffée d'un ridicule bonnet trop grand pour elle, Léa me fixait avec ses énormes yeux qui ne comprenaient rien, se demandant où elle avait bien pu atterrir. Trop tard, on avait coupé le cordon. Elle ne pouvait plus exiger qu'on la renvoie là d'où elle venait.

On me présenta ensuite Alice, alias Bébé n° 3, dont le regard cherchait désespérément une image réconfortante, une voix familière, un air apaisant, une chose douce à laquelle s'accrocher. Il fallait rapidement transférer les deux petites à l'unité de néonatalogie.

Béatrice, mieux connue sous le nom de Bébé n° 2, avait déjà été transférée aux soins intensifs, sans qu'on prenne la peine de me la présenter. Elle n'arrivait pas à respirer par elle-même. J'aurais dû être affolée par cette nouvelle; je ne ressentais rien. Qu'un grand calme étrange. L'aiguille anesthésiante avait probablement atteint mon âme. Il n'y avait plus ni bien ni mal. J'habitais un monde flou où tout se valait, le terrible comme le beau.

*

Quand on m'avait annoncé que j'attendais des triplés, mon réflexe avait été de rire. Un éclat retentissant, une salve puissante. Le rire de celle qui découvre la grande machination du monde; la vérité, c'est qu'on n'est jamais maître de sa vie. Les plans qu'on dresse pour assurer son avenir: énorme foutaise. Les prévisions qu'on établit pour voir venir les coups: que de la frime. Les rêves qu'on caresse en se répétant que le travail, les efforts et la rigueur finiront un jour par payer: triste fabulation. Je n'avais de pouvoir sur absolument rien, y compris mon ventre. On m'avait bien offert d'éliminer un, voire deux fœtus, pour favoriser la croissance de l'un d'eux et augmenter mes chances de mener cette grossesse à terme. Réduction embryonnaire: la procédure avait un nom presque poétique. Or, il s'agissait d'un faux choix. Et si je ne pariais pas sur le bon bébé ? Que celui que je décidais de garder s'avérait le plus faible ? Qu'il était atteint de trisomie 21, de paralysie cérébrale ou d'une malformation cardiaque ? À cette étape, il était trop tôt pour détecter quelque syndrome que ce soit chez les embryons. Ma décision devait donc être prise à l'aveugle. Au *feeling*. Je ne m'en sentais pas la force. Incapable de vivre avec ce poids sur mes épaules, je m'en étais remise à Dieu. Même si je ne crois pas en Lui. Je préférais que ce soit Sa faute plutôt que la mienne si jamais les choses tournaient mal.

*

Avant de recoudre mon abdomen, une infirmière chercha à en faire sortir tous les fluides résiduels, comme on essaie d'éliminer une bulle d'air restée prise entre une vitre et un autocollant. À mes oreilles engourdies parvint un splash ! inélégant. Un mélange de placenta, de liquide amniotique et de sang explosa sur la femme vêtue de jaune pâle. Je me serais crue la vedette d'un film *gore* tourné par des étudiants fauchés dans un sous-sol glauque d'un quartier malfamé.

On fit ensuite rouler mon lit jusqu'en salle de réveil, où on s'assurerait que mes membres et mon tronc dégèleraient complètement – la tête, elle, resterait sans doute dans les vapes un certain temps. Une infirmière venait prendre mes signes vitaux toutes les quinze minutes. Sans jamais se donner la peine de m'informer qu'il était normal qu'à un certain moment, je me mette à trembler. Vraiment beaucoup. Du genre Parkinson sévère. Grelotter comme si la température ambiante était de moins cinquante. Inquiète de devoir passer ma vie à tressaillir de la sorte, je finis par signaler le phénomène à l'infirmière.

— Ah, ça, c'est normal. Ça va passer.

Elle s'adressait à moi comme si j'étais idiote, comme si j'étais censée savoir qu'une anesthésie pouvait provoquer ce type d'effet, comme si j'étais censée être déjà passée par là, avoir déjà accouché mille fois, porter en moi toute la connaissance et la sagesse et l'abnégation des centaines de générations de femmes qui avaient mis bas avant moi.

Je me sentais plutôt comme une fillette qui croit encore que ce sont les pélicans qui, dans de jolis hamacs de soie – roses ou bleus, selon le sexe –, apportent les bébés jusqu'à leurs parents. « Les cigognes, Mélissa. Les cigognes transportent les bébés. » Les mythes originels s'enchevêtraient dans mon esprit sans que je parvienne à les démêler. Je me mis soudain à penser aux feuilles de chou. Celles dans lesquelles, selon certaines rumeurs, on retrouvait parfois les nouveau-nés. Celles qui, toujours selon les rumeurs, pouvaient être utilisées lorsque les seins gorgés de lait de la femme qui allaitait avaient tendance à se congestionner. Il devait y avoir un lien entre ces deux croyances.

J'étais confuse, et pourtant, totalement lucide. J'envisageais la situation avec un pragmatisme qui ne me ressemblait pas, analysant tout de la manière la plus terre à terre qui soit. Lorsque l'infirmière revint prendre ma pression, je lui posai la question qui me brûlait les lèvres :

— J'ai bu des quantités astronomiques d'eau ce matin, comment ça se fait que j'ai pas envie de pipi ?

— On vous a posé une sonde. Si tout va bien, on va pouvoir vous l'enlever demain.

Ce n'est qu'à ce moment que je remarquai le sac transparent rempli d'urine qui pendouillait sur le côté de mon lit. J'avais l'impression qu'une partie de moi résidait à l'extérieur de mon corps, qu'on m'avait retiré le contrôle des fonctions essentielles que ce dernier accomplissait normalement. Bizarrement, c'était une sensation agréable.

Après deux heures en salle de réveil, j'obtins finalement l'autorisation d'aller voir mes filles. On fit rouler mon lit jusqu'à leurs incubateurs.

Elles étaient intubées de partout, connectées à une multitude de fils qui transmettaient leur température corporelle, leur rythme cardiaque, le taux d'oxygène de leur sang. Des machines sonnaient sans cesse pour nous avertir que quelque chose n'allait pas, puis pour nous aviser que tout était rentré dans l'ordre. Je ne les entendais pas.

Mes oreilles, mes yeux, tous mes sens étaient tournés vers ces petits êtres si fragiles et si parfaits à la fois.

J'étais étonnée de constater à quel point elles ressemblaient à de vrais bébés, moi qui croyais qu'on m'arracherait de la panse des fœtus à peine formés. J'eus une pensée pour l'embryon de porc que j'avais disséqué dans la classe de biologie à quatorze ans.

Je tendis le bras vers Léa. Sa minuscule main s'agrippa à mon index et le serra chaudement. Je n'étais pas autorisée à la prendre. Ses sœurs non plus. Trop risqué. J'aurais maladroitement pu accrocher un des tubes qui se rendaient jusqu'à leurs poumons et ainsi provoquer une hémorragie interne à laquelle elles auraient difficilement survécu. Les membres du personnel soignant me promirent qu'ils prendraient bien soin d'elles. Je n'avais pas d'autre choix que de les croire.

Le brancardier me fit rouler jusqu'à ma chambre pour que je me repose. Je partageais l'espace avec une autre femme qui était suivie à la clinique GARE en raison d'une possible incompatibilité sanguine avec son bébé. Finalement, tout s'était bien déroulé pour eux. À part une petite jaunisse, l'enfant se portait à merveille. Il dormait dans une minuscule boîte de plastique au chevet de sa maman, entre son lit et le mien. Ma sieste était entrecoupée par ses pleurs fréquents. Il réclamait le sein de sa mère. Pendant ce temps, mes filles, elles, devaient se demander où elle avait bien pu passer, leur indigne de mère. L'unité de néonatalogie se trouvait à l'autre bout du pavillon. Elles auraient eu beau pleurer de toutes leurs forces, je n'aurais pas pu les entendre.

Je finis par m'endormir profondément. Mon sommeil fut de courte durée cependant; cette fois, c'est une infirmière pimpante qui me réveilla.

— Madame Verreault, ça fait six heures que vous avez été opérée : faut essayer de vous lever maintenant.

— Me lever ? Qu'est-ce que vous voulez dire ?

— Vous mettre debout. C'est important de réactiver le plus rapidement possible les muscles qui ont été coupés, pour vous assurer une meilleure guérison.

— Mon ventre a été scié en deux, j'ai plus d'abdominaux, je vois pas trop comment je pourrais réussir à…

— Faites-vous-en pas, on va vous aider.

Elle fit signe à Francesco de venir lui filer un coup de main. Flanquée de mes deux assistants, j'essayai de m'asseoir. La tête du lit inclinable était relevée, alors jusque-là, ça allait. Ce fut une autre histoire quand vint le temps de me tenir sur mes deux pattes et de me déplier complètement. Montait en moi la désagréable impression que l'incision qu'on avait pratiquée près de mon pubis se rouvrirait. Je passerais encore plusieurs jours à me tenir le bas-ventre en marchant – pour être sûre qu'il ne tombe pas en chemin. Je finis par adopter une position satisfaisante aux yeux de l'infirmière, qui m'autorisa à m'étendre de nouveau. Tous ces efforts m'avaient épuisée. Enfin, dormir. Mais non. Pas tout de suite : la conseillère en allaitement voulait me rencontrer.

— Vous avez accouché très tôt, lança-t-elle gravement comme si je n'étais pas déjà au courant. À ce stade, les hormones de lactation sont pas encore activées. Mais on va essayer de voir si on pourrait pas les réveiller.

— Et on fait ça comment ? En faisant en sorte que je puisse jamais dormir plus de vingt minutes d'affilée ?

Elle ne comprit pas l'allusion.

— Non : en stimulant vos mamelons.

Elle manipula la pointe de mes seins avec ses mains expertes dans le but de me montrer comment les titiller afin d'y faire monter le lait. Une inconnue me malaxait la poitrine et ça ne me faisait ni chaud ni froid. Mon corps semblait dorénavant appartenir au domaine public et je n'avais pas l'intention de lutter contre cette redéfinition des territoires. C'était à mon tour de m'exercer. Je devais pincer mes aréoles tout en effectuant un mouvement vers le haut, comme pour indiquer au liquide la route à suivre. Je n'y parvenais pas. Je manquais d'énergie et me sentais maladroite. La conseillère demanda à Francesco d'essayer.

— C'est parfois plus facile de l'extérieur.

Tout avait effectivement l'air plus simple de l'extérieur. Les autres continuaient de vivre leur vie, d'aller droit devant sans se poser de questions, de marcher, manger, respirer normalement ; pour moi, il n'y avait plus rien de normal. J'étais devenue mère. Trois fois plutôt qu'une. Tout était à réapprendre.

Francesco finit par extraire trois minuscules gouttes de colostrum de mes seins. Son visage s'illumina aussitôt de fierté. La fierté du belligérant venant d'accomplir un geste héroïque. Il avait extirpé de mon corps le sirop vital qui permettrait à nos filles de gagner leur combat. On fit porter la précieuse liqueur jusqu'à ces dernières. Ces quelques millilitres ne seraient évidemment pas suffisants pour les nourrir, mais ils leur feraient peut-être comprendre que leur mère ne les avait pas abandonnées.

*

Le lendemain matin de l'accouchement, il devait être 6 h et des poussières, je demandai à Francesco de m'amener voir nos enfants. Heureusement, les heures de visite ne s'appliquaient pas à nous. Mon amoureux m'aida à me transférer dans un fauteuil roulant, auquel il fallut accrocher le sac qui me servait de vessie. Je trimballai ainsi mon urine dans tout l'hôpital sans que cela me gêne un tant soit peu. La peur d'avoir l'air ridicule qui m'avait accompagnée depuis le début de mon adolescence s'était soudainement évaporée. Le regard des autres m'importait autant que le sort de la planète importe aux climatosceptiques.

Mes filles dormaient sur le ventre, chacune dans son incubateur. L'infirmière m'expliqua qu'elles étaient incapables de se tourner d'elles-mêmes ; pour éviter qu'elles ne développent des plaies de lit ou le syndrome de la tête plate, on leur faisait faire une rotation toutes les trois heures. J'obtins la permission d'ouvrir la porte de l'incubateur et de déposer ma main sur leur dos.

— Faut pas les caresser, par contre, vous pourriez leur faire mal. Elles ont la peau très sensible à cause de la jaunisse.

Ma main, pourtant courte et trapue, couvrait presque entièrement leur corps. Elles étaient nues – aucun vêtement n'était suffisamment petit pour convenir à leur gabarit, pas même ceux conçus pour les prématurés. Une à une, je leur parlai, les rassurai, leur confirmai que j'étais là pour elles, même si elles n'étaient pas toujours en mesure de sentir ma présence. Je chuchotais pour éviter de brusquer leurs tympans encore en formation. Elles me répondaient par des miaulements à peine audibles.

De retour dans ma chambre, on m'accueillit en m'annonçant que les résultats des tests sanguins qu'on m'avait fait passer un peu plus tôt étaient revenus ; j'avais un taux de fer normal, ce qui était étonnant pour une femme qui venait de perdre autant de sang.

— On a cependant découvert que vous étiez porteuse du streptocoque. Pour vous, c'est pas un problème, puisque vous avez pas de symptômes, mais pour les bébés, ça pourrait être fatal, alors on leur a donné un antibiotique.

On ne m'avait pas demandé mon avis avant de bourrer mes filles de médicaments. Pas plus qu'on ne m'avait demandé si j'étais d'accord pour qu'elles reçoivent des doses de caféine pour stimuler leur cœur, de l'ibuprofène pour favoriser la fermeture de leur canal artériel et des diurétiques pour faciliter l'élimination des liquides, ce qui leur éviterait potentiellement d'avoir de l'eau sur les poumons. En signant la feuille de consentement aux soins, j'avais renoncé à tout droit de regard sur la santé de mes enfants. Les décisions n'incombaient qu'aux médecins. Si le sort de mes bébés s'améliorait, c'était grâce à eux; si quoi que ce soit de malheureux survenait, là, par contre, ce n'était la faute de personne. Sauf, évidemment, de ce Dieu en qui les docteurs ne croyaient pas plus que moi.

*

Le surlendemain de la naissance de Léa, Alice et Béatrice, on m'avisa que, pour obtenir mon congé de l'hôpital, j'allais devoir faire au moins un caca. Après une intervention chirurgicale, les patients souffrent souvent de constipation, et il était nécessaire de vérifier que je n'éprouvais pas de problèmes à éliminer. Quelques heures plus tard, je sentis l'envie « d'aller à la selle », comme le disaient les infirmières – à mes oreilles, ça sonnait comme si j'avais envie d'aller me promener à cheval, ce qui aurait été une bien drôle d'idée, dans mon état. Déféquer, en soi, ne m'apparaissait pas problématique; la question était plutôt de savoir comment je réussirais à me rendre jusqu'aux toilettes et, surtout, comment je parviendrais à me nettoyer les fesses. Pour ça aussi, c'était plus facile de l'extérieur. Quelqu'un allait devoir m'aider. Et je préférais que ce soit mon mari plutôt qu'une infirmière.

Francesco m'essuya délicatement, sans dégoût ni malaise. Il n'y avait que de l'amour, de la compassion, de l'abandon. Cet instant de parfaite vulnérabilité nous rapprocha d'une manière que je ne saurais décrire, encore aujourd'hui. Notre couple survivrait à ces hostilités, et à bien d'autres encore, j'en étais absolument convaincue.

Une soixantaine d'heures après avoir accouché, j'étais prête à rentrer chez moi.

— Vous êtes sûre ? me demanda l'infirmière. Vous pouvez rester encore une journée, si vous le souhaitez, on vous met pas à la porte.

— C'est gentil, mais je préfère aller dormir dans mon lit, répondis-je poliment.

Loin du bébé de ma voisine qui chignait tout le temps et qui me rappelait que moi, je ne pouvais rien faire pour aider mes petites à se battre. Loin de ces murs bleu poudre qui, plutôt que d'évoquer la quiétude de la mer, ne faisaient que me renvoyer à mon impuissance infinie. Loin de l'infâme nourriture d'hôpital qui, à chaque bouchée, me donnait l'impression d'être atteinte d'une maladie incurable. Avant de partir, Francesco et moi allâmes saluer les enfants en leur promettant de revenir les voir le plus vite possible.

Le soir même, nous fûmes incapables de nous en empêcher : nous retournâmes à leur chevet. L'infirmière nous accueillit avec le sourire.

— Léa réussit à respirer seulement avec une petite lunette à oxygène, ça fait qu'on a pu la débrancher. Vous allez pouvoir la prendre, si vous voulez.

Si nous voulions ? Léa était née depuis trois jours et nous ne l'avions toujours pas tenue dans nos bras

– pas plus que ses deux sœurs. Je m'installai confortablement dans une chaise berçante en cuir pour que l'infirmière puisse déposer la petite sur moi. L'opération prit quelques minutes, car Léa était encore couverte de fils divers dans lesquels il fallait faire attention de ne pas s'enfarger. L'infirmière m'invita à ouvrir mon chemisier et plaça Léa entre mes deux seins. Pesant moins d'un kilo, elle n'était pas plus grosse qu'un chaton de six semaines.

Le microscopique corps de Léa sur ma poitrine, son souffle chaud et nerveux contre mon cœur, je sus que tout irait bien. Que ces filles, les miennes, étaient de véritables enfants soldats, capables du cran et de la fougue nécessaires pour remporter toutes les batailles. Mes petites tourlourous. Mes bachi-bouzouks.

Aucun désert ne viendrait à bout de leur soif.

L'étranger qui bouge dans ton ventre est peut-être en train de se demander ce qu'il va faire de toutes ces framboises

Maxime Catellier

Well... some of you may have figured out we're not home yet, we're only half way there. Mother's interrupted the course of our journey. She's programmed to do that should certain conditions arise. They have. It seems that she has... intercepted a transmission of unknown origin. She got us up to check it out.

Alien (1979)

C'est en éjaculant au fond de M. par une belle journée du mois de mai, à peine deux ans après que nous eûmes commencé à pratiquer ce pugilisme d'échange de fluides connu sous le nom de *coït,* que l'idée de l'étincelle qui venait de se produire dans son ventre m'a effleuré l'esprit. Venions-nous de procréer ? Les nombreuses histoires de couples qui essaient sans succès durant des mois me suffisaient à ne pas prendre trop au sérieux cette possibilité. Et puis, la vie nous rattrape : j'ai presque fini mes corrections, y a du monde pour souper, il faut passer un coup de balai. Bien vite, j'ai oublié qu'il était peut-être là, en train de faire un miracle, l'étranger sans nom auquel la vie venait de faire la passe.

Je suis parti peu de temps après à la campagne, sur un chemin de terre au fond d'un canton perdu, pour écrire. Sans autre contact avec la civilisation que cette petite barre de réseau qui apparaissait quelquefois sur mon téléphone quand je me tenais sur la galerie avec le bras dans les airs vers le mont Jambon, j'ai passé deux semaines à transcrire mes souvenirs d'enfance pour sauver de l'oubli les bribes qui s'étaient accrochées à ma mémoire avec une persistance étonnante, ces choses qui collaient à ma tête comme si c'étaient des aimants de frigo : en quittant mon appartement l'année précédente, au moment où nous avions décidé de vivre ensemble, de faire notre vie ensemble, il avait fallu débarrasser le frigo de tous les aimants, collants, affichettes, factures, dessins, messages, listes qui s'y étaient accumulés durant dix ans, et d'arracher tout ça couche après couche m'était apparu comme une forme d'archéologie particulièrement révélatrice, comme si ces papiers collés, ces photos jaunies par l'angle du soleil qui entrait dans la cuisine et découpait nettement les murs, dans la précision de cette pâleur que je reconnaissais en plein milieu d'une image comme celle de l'éblouissante lumière du printemps qui finissait par avoir raison du froid qui la filtrait tout l'hiver ; comme si tout cela conservait l'essentiel du temps que j'avais passé dans cet appartement et que mes souvenirs étaient racontés par cette lumière qui entrait chaque jour dans la cuisine. Regardez-la qui passe directement du ciel à ma table sur la feuille qui reste obstinément blanche depuis deux semaines : cette lumière va finir par la faire parler.

Deux semaines ont ainsi passé, entre la galerie et la cuisine, dans la maison vide que je louais à une amie pour faire le plein. Les mots coulaient doucement entre la fin de l'après-midi et le mitan de la nuit, au moment où le verre à moitié vide commençait à se fatiguer d'être rempli. Je montais me coucher avec les images de ma petite enfance qui me poursuivaient dans les marches, comme le mauvais rêve qui m'avait hanté si longtemps quand j'étais petit.

C'est durant cette retraite d'écriture que M. m'a appris qu'elle était enceinte. À distance, au téléphone, cette nouvelle n'a pas provoqué chez moi autre chose que de l'inquiétude : pour elle, d'abord et avant tout, qui était seule dans notre appartement pendant que je me prenais pour un écrivain. J'ai senti tout de suite l'extraordinaire vanité de mes prétentions, pendant que son corps portait un étranger qui serait pour toujours, d'une manière ou d'une autre, lié à nos vies plus que toutes les choses que j'avais aimées jusque-là. Je pense que c'est ce sentiment d'inutilité fondamentale qui a dominé mon esprit pendant un bon moment : l'idée qu'elle était aux prises avec cet autre qui se nourrissait d'elle tout en devenant lui-même. À côté, absent, le père poète, tout juste bon à fermer les fenêtres quand le vent frais de l'automne s'engouffrerait dans le corridor de notre cinq et demie. Je n'avais pas de rôle précis, sinon celui que les livres sur le sujet veulent bien vous donner. Mais à la vérité, vous pouvez sonder ce ventre de toutes les manières, lui conter fleurette en balayant de la main son habitacle, ce pari ne sera jamais qu'un rêve pour oublier l'étrangeté totale dans laquelle vous baignez quand le ventre de votre femme devient ce vaisseau spatial qui transporte l'étranger qui va changer votre vie.

Il me paraissait urgent de retourner en ville, mais il me fallait attendre la machine qui m'extirperait de là. Cette impuissance à conduire et à revenir vers M. de mon propre chef était insoutenable. Bien fait d'attendre d'avoir trente ans pour passer tes maudits permis, sans-dessein, et de moisir d'ennui dans la salle de classe d'une école de conduite avec des adolescents qui sentent encore la pisse pour te réveiller sur la galerie d'un trou perdu avec ton temporaire et zéro char pendant que ta blonde enceinte se morfond à deux cents kilomètres de là. Bravo. En rentrant en ville, j'avais le sentiment que c'était peut-être la dernière fois avant longtemps que je dépendrais des autres pour avaler la distance qui me sépare de ceux que j'aime.

Un mois plus tard, nous reprenions la route au volant d'une Sonnefailleur verte, la seule couleur, semble-t-il, dont on ait gratifié ce modèle à mi-chemin entre le char sport et la compacte, sorte d'aberration stylistique destinée à disparaître dix ans après son apparition. Ma sœur nous avait légué cette monture en assez bon état, hormis le réservoir d'essence qu'il ne fallait jamais remplir au complet pour éviter qu'il ne dégoutte par terre. Retour à la maison du chemin Malcollé, un serpent de terre qui plonge entre la 112 et la 108 dans un pays inachevé, avec sa barbe de trois jours, ses dindons, ses chevreuils, ses orignaux et ses coyotes, pour passer un mois dans la paisible fraîcheur de la campagne, loin du Centre-Sud et de ses bibittes qui soliloquent sous nos fenêtres en cherchant je ne sais quel fil d'Ariane, quelle toison d'or, quel diamant vert pour échapper aux crocodiles de la nuit. À l'abri de la ville furieuse et bruyante, les champs mouillés de silence et les orages qu'on voit avancer au loin comme des géants, les lignes de terre battue qui découpent les cantons en autant de petits pays solitaires et dépeuplés, nous avons commencé à vivre avec l'autre qui était toujours une idée pour moi, un intrus pour elle. Un étranger dont les sens allaient s'ouvrir peu à peu à la vie intérieure du corps de M. à travers les bruits de porte, les rires incontrôlables, les cris de colère, le goût du fromage salé, les frissons des soirs d'automne. À quel moment m'entendrait-il parler ? Me reconnaîtrait-il dès qu'il sortirait de là, comme un vieil ami aveugle qui retrouve soudainement la vue ?

Comme la Sonnefailleur avait une radiocassette, nous passions du temps à explorer les bric-à-brac des villages alentour pour trouver de la musique : The Beach Boys *Made in USA*, Aznavour *20 chansons d'or*, Luc De Larochellière *Sauvez mon âme*. Notre bande sonore était ponctuée de trouvailles, tout le contraire des listes qu'on prépare maintenant sur nos téléphones, uniquement composées de ce qu'on veut entendre à ce moment précis de notre vie ; nous étions obligés quelquefois de nous taper des chansons d'un goût douteux, impatients d'entendre la toune qui valait la peine sur un album. Toujours, nous espérions trouver une de ces cassettes qui peut s'écouter sans arrêt : CCR *Chronicle.* Miles Davis *Kind of Blue.* Jean Leloup *L'amour est sans pitié.* Mais on se tannait même des meilleures. C'est là qu'on baissait les vitres et qu'on respirait l'air chargé de pollen et de poussière qui passait à travers le soleil de juillet, sur le chemin Beurré. Parfois les chiens couraient après la Sonnefailleur quand nous ralentissions trop devant une maison, et nous pensions à cet ami qui était venu rédiger sa thèse ici et qui avait l'habitude de faire ce chemin à vélo : quels mollets il devait s'être faits à gravir les côtes, à fuir les chiens !

Un matin, nous avons décidé d'aller faire de l'autocueillette de framboises chez un maraîcher d'Asquette. En une heure, nous en avions une dizaine de litres, et nous sommes repartis vers la maison du Malcollé dans l'idée de faire de la confiture. Un croche par Inneguisse pour mettre vingt piasses de gaz et acheter des pots, et un sac de Bugles plus loin, j'ai pris l'étrange décision de passer par le chemin du Bassin qui rejoint le Beurré à partir de la 214, alors que la pluie commençait à tomber dru. Roulant trop vite dans de telles conditions, la Sonnefailleur s'est mise à valser en passant sur un petit pont de bois. J'ai rapidement perdu le contrôle. Je n'arrive même pas à me souvenir si j'ai appuyé sur le frein ou l'accélérateur. Le grand cric nous a croqués. Le coussin est sorti de ses gonds en me brûlant les avant-bras, la fumée sortait du capot tout déwrenché. J'ai paniqué. Je pensais que le char allait exploser. Nous sommes sortis péniblement du cric, sonnés et défaillants, pour constater que les dégâts étaient surtout matériels.

Les premiers passants à s'arrêter faisaient une drôle de tête. C'est là qu'on s'est toisés, M. et moi, dans toute notre splendeur : tous ces litres de framboises écrasées nous coulaient dessus comme une couche vermeille de sang épais, rouge irréel. Ça faisait tache dans la verdeur pluvieuse du reste, on avait l'air de zombies égarés dans le mauvais film. La remorqueuse est arrivée avant la police, qui a pris le chemin sud au lieu du chemin nord. On a marchandé la ferraille pour le prix du voyage. Il a fallu se rendre à l'hôpital avec un ami, question de vérifier le ventre de M. qui venait quand même de prendre un coup, ne serait-ce que de frousse.

Le protocole étant immuable, ils l'ont placée sur une civière, ont immobilisé son cou dans un collier : elle avait l'air de sortir d'un immeuble en flammes et je n'avais rien de Bruce Willis. Je commençais à sentir le poids terrible du silence, de ce ventre fragile qui berçait l'étranger dans sa gaine élastique ; je cherchais comment dire à ce pois qui flottait dans la sérénité amniotique combien la peur de cet accident venait de se transférer magiquement sur lui, combien maintenant j'avais peur pour lui, minuscule framboise intacte, combien je venais de me rendre compte de la fragilité proverbiale de cette vie qui peut finir sur un chemin perdu au moindre orage, et de l'absurdité de cette fin au fond d'un cric d'où on n'entendait que la radio émettant encore la dernière chanson du dernier voyage : « Sauvez mon âme, hé hé. »

Le docteur est entré dans la salle d'examen. Il a étendu du gel sur le ventre de M. et posé la sonde dessus. Imperceptiblement, comme une cassette qui commence avec une intro interminable, le cœur de l'étranger dans le ventre de M., ce cœur de verre, cette perle au fond d'elle s'est mise à battre. Elle envoyait le signal de sa vie aux deux accidentés que nous étions, voyageurs réveillés par une alarme inhabituelle, un son clair dont la lumière venait de s'allumer pour toujours dans notre tête. Il arrivait.

*

Vendredi 15 janvier. En fidèles pérussiens, c'était de bon augure : c'est le jour du concours de dessins. Ce fut le dernier jour de notre vie à deux. Avec un mois d'avance sur l'horaire, il a botté de son petit pied noirci par l'absence de circulation sanguine, pris qu'il était dans une position contraire à sa sortie imminente, le bouchon muqueux que la chasse d'une toilette bancale d'Hochelaga a évacué promptement. Il est sorti comme César, sanglant comme une framboise hurlante, du ventre de celle qui allait l'aimer pour toujours, pour se retrouver dans les bras de celui qui n'allait jamais le laisser tomber.

Conceptions

Mélikah Abdelmoumen

Tu es né en France, à l'hiver 2009, alors que ton père et moi vivions là-bas depuis quelques années. Il est français, lui aussi.

Maintenant, tu as presque neuf ans, et nous habitons tous les trois à Montréal depuis un an.

Maintenant, c'est vous deux, les étrangers.

*

J'ai appris que j'étais enceinte à Lyon, tout au début de 2009, très peu de temps après avoir fait une fausse couche qui m'avait profondément ébranlée.

J'étais surprise que ça ait « remarché » si vite, et je n'avais pas la force de me réjouir tout de suite. J'attendais le passage des fatidiques trois premiers mois avant de me permettre d'entrer en joie.

Ton père rentrait du lycée où il enseignait quand je lui ai téléphoné pour lui dire que je venais de faire un test de grossesse, et qu'il était positif. J'avais dû sentir quelque chose, parce que je n'avais même pas attendu d'avoir du retard dans mes règles.

— Chéri, es-tu assis ? J'en ai une crisse de bonne.

— Non, je suis en train de remonter la Saint-Sébastien, je serai là dans un quart d'heure. Qu'est-ce qui se passe ?

Je le lui ai dit. Il a éclaté de ce rire silencieux que j'aime tant, et dont j'ai comme entendu la texture à mon bout du fil.

*

Je ne sais plus à quel stade de la grossesse j'étais quand je me suis enfin décidée à me mettre en quête d'un gynécologue. Plus tard que la moyenne, en tout cas. Probablement un peu moins de trois mois d'aménorrhée, comme ils disent. Je repoussais ce moment parce que même après plus de trois ans au pays des droits de l'homme, certaines des choses qu'on tient pour acquises quand on est chez soi m'étaient encore étrangères, mystérieuses. Le système de santé français en faisait partie.

Ton père et moi n'avions pas vraiment de médecin traitant – l'équivalent français du médecin de famille – pour nous orienter vers un ou une spécialiste, et ce, même si là-bas on en trouve quasiment un en criant ciseau. Il me fallait donc passer, via les pages jaunes, directement à la recherche d'un gynécologue obstétricien exerçant pas trop loin du quartier où nous vivions et qui veuille bien nous suivre, toi-pas-encore-né et moi.

J'ai eu une chance inouïe. Enfin, non, j'ai eu une chance ordinaire, car nous étions dans un pays où le système de santé est d'une efficacité redoutable, ce que les Français ne mesurent pas toujours. Après m'être fait sermonner au téléphone par trois ou quatre secrétaires pincées, qui m'ont appris qu'à trente-sept ans je faisais partie de ce groupe que le corps médical français appelle «grossesses gériatriques», je suis tombée sur celle qui allait nous suivre pendant ce qu'il restait des six premiers mois de ma grossesse. Elle était douce, rassurante, accueillante. Elle s'appelait D^re^ Annick Monchal. Je l'aimais beaucoup.

*

C'est étrange, mais je ne me rappelle plus où j'étais quand les saignements ont commencé, alors que j'étais enceinte de l'enfant juste avant toi, celui qui n'est pas né.

Je me souviens toutefois parfaitement de ce que, pour moi-même, j'appelle désormais «l'échographie du silence».

Ton père et moi étions allés à l'hôpital pour savoir ce qu'il en était de ces saignements.

Une technicienne vraiment adorable avait procédé à l'échographie. Elle m'avait vite dit, d'une voix très douce, en posant sa main sur mon avant-bras: «Cette grossesse s'est malheureusement interrompue il y a quelques jours. Cela arrive à une femme sur cinq dans les trois premiers mois. Le plus souvent, c'est pour le mieux, c'est le corps qui met fin à une grossesse qui n'aurait pu être menée à terme ou qui aurait été sérieusement problématique. »

Puis elle avait tourné le bouton de sa machine et m'avait dit : « Écoutez. »

J'avais entendu l'absence de battements cardiaques de ton prédécesseur, sur fond de friture fantomatique.

On avait programmé une IVG pour sortir cette petite chose morte de moi. L'intervention devait avoir lieu le 25 décembre. Je n'y attachais pas de signification particulière, du moins pas sur le coup. Pas avant que tout le monde autour de moi me dise combien c'était triste de se faire avorter à Noël, en pleine période de réjouissances.

Mais je ne me suis pas rendue jusqu'à ce rendez-vous : dans la nuit du 24 au 25, j'ai été prise de violentes contractions. Je n'avais jamais connu de telles douleurs.

J'ai « accouché », dans la cuvette des W.-C. de notre appartement lyonnais, d'une petite boule de chair au milieu des larmes, de la morve et du sang.

Ton père ne m'a pas entendue. Il dormait d'un sommeil plombé par la tristesse.

Et Dieu sait pourquoi, moi, dans ma honte et ma peur, je m'étais assurée de ne faire aucun bruit.

*

La seconde fois, les choses se sont donc rendues plus loin. J'ai appris qu'en France, quand on tombe enceinte, on est non seulement suivie par le cabinet d'un spécialiste pendant les six premiers mois et par la maternité de l'hôpital pendant les trois derniers, mais également par une sage-femme agréée, tout au long de la grossesse.

*

Le cabinet de sage-femme le plus près de chez nous, et qui acceptait de me prendre en charge à un moment si « tardif » de ma grossesse « gériatrique », était géré par un homme.

J'ai pris rendez-vous chez lui avec ton père, convaincue que c'était là le signe d'un esprit ouvert, non conventionnel. Le fait qu'il soit un homme, je veux dire.

*

Peu avant ce premier rendez-vous, il a fallu passer une échographie dans notre centre de radiologie de quartier.

Je devais avoir bu une grande quantité d'eau et m'abstenir d'aller aux toilettes.

Nous y sommes allés à pied, ton père et moi, depuis l'appartement où tu vivrais tes premiers mois, à une vingtaine de minutes de marche.

L'envie de pisser, la peur et la fatigue étaient presque insoutenables.

J'en étais venue à me convaincre que j'allais de nouveau devoir écouter le silence sur fond de friture et m'effondrer en larmes, apprendre que je portais encore une fois un petit être mort. Je m'étais déjà attachée à toi. Moi qui avais passé ma vie à dire que je ne voulais pas d'enfant et qui avais changé d'avis « sur le tard ».

Le technicien qui nous a reçus était un homme âgé, infiniment gentil. (Je m'entendais souvent mieux, en France, avec les médecins de cette génération, et pendant nos années là-bas, j'en ai perdu plusieurs à cause de la retraite, dont la D^re^ Monchal.)

Ton père m'a dit que quand le technicien, à qui j'avais confié, en larmes malgré moi, mon inquiétude, m'a appris avec un grand sourire que tout allait bien – « J'entends son cœur battre, madame » –, il a observé chez moi une chose qui l'a marqué et dont il me parle parfois encore.

Il dit que, quand j'ai appris que tu étais vivant, mon visage ressemblait à une feuille de papier chiffonnée qui, tout à coup, s'ouvrait comme une fleur, et s'aplanissait.

Il paraît que c'était beau à voir.

*

J'ai appris que, pour un homme qui exerce le métier, on ne dit pas « sage-homme », mais bien « *le* sage-femme », car le ou la « sage » est le praticien, et que la « femme, » c'est vous, qui attendez un enfant…

Le sage-femme de notre quartier officiait les soirs de semaine devant un groupe d'une douzaine de futures mères à divers stades de leur grossesse, accompagnées le plus souvent de leur conjoint, qu'elles ignoraient superbement.

Oui, elles l'ignoraient, comme perdues dans le bleu du regard de cet homme d'une quarantaine d'années et d'une beauté qui avait quelque chose d'artificiel.

Il m'a déplu tout de suite, et à ton père aussi, mais nous ne nous le sommes dit que plus tard.

Nous étions tous assis en tailleur, sur le parquet, en cercle.

Le sage-femme y tenait une sorte de séance d'introduction.

Il avait une idée très précise de ce qu'une future mère devait faire pour bien vivre son accouchement et donner à l'enfant à naître tout l'amour qu'il méritait.

D'abord, il importait de vivre cette expérience féminine unique sans avoir recours à des drogues qui nous empêcheraient d'être « en véritable connexion » avec la naissance et avec notre enfant. La péridurale était donc à éviter. Nous le devions à cet être qui avait le droit de venir au monde les yeux ouverts, en toute conscience, et pas assommé par des drogues administrées à la mère.

La douleur de l'enfantement était une chose que toute mère aimante était capable d'endurer. De même que la privation d'alcool : une seule goutte et vous passiez du côté obscur de la maternité.

Ne parlons pas de la consommation de tabac, de fromage non affiné, de poisson cru, et ainsi de suite. Vous aimiez votre enfant à naître ? Aucun sacrifice ne devait vous effrayer. Il fallait, en quelque sorte, embrasser l'abnégation que serait désormais votre vie, non plus de femme, mais de mère.

L'allaitement, c'était connu, était également indispensable, et ce, pendant au moins six mois. Donner le meilleur à son enfant, construire son immunité et lui être entièrement disponible, soumise, était la seule preuve d'un amour maternel inconditionnel.

Enfin, le sage-femme allait nous aider à ressentir pleinement la totalité de ce miracle qu'est donner la vie – dont il parlait comme s'il l'avait expérimenté dans sa propre chair –, à en aimer même les parts les plus sombres, le malheur étant, dans le cas qui nous occupait, simplement une autre version du bonheur.

Moi, j'entendais qu'on voulait faire de moi une esclave, et de mon corps un vaisseau tout entier dédié à un autre, pour toujours. Aujourd'hui encore plus qu'alors, je suis convaincue qu'il n'y aurait rien de plus malsain que de t'élever dans l'idée qu'être une femme, c'est accepter cette prison de la maternité construite par les autres.

Je ne le savais pas, mais ton père était horrifié et craignait que je laisse ce gourou me convaincre que, pour être ta mère, j'allais devoir devenir cette femme-là.

*

J'ai bientôt connu ton sexe. Le gentil technicien, que j'étais si heureuse de retourner voir, m'a annoncé une autre bonne nouvelle, à moi la dame angoissée jusqu'aux larmes : tu étais « un petit mec », et tu allais bien.

*

Je n'ai pas eu à supporter longtemps le sage-femme-gourou-pour-bobos-lyonnais dont le discours m'avait mise si mal à l'aise.

Mais c'était en raison d'une autre malchance.

Un jour, en nous rendant chez un ami, alors que j'étais enceinte de cinq mois, j'ai senti que quelque chose clochait. Tu poussais vers le bas. Trop. Tu me faisais mal.

C'était à la fin d'une très longue promenade. J'avais insisté pour que nous allions à pied chez cet ami, qui habitait à plus d'une heure de marche de chez nous. Ton père avait cédé à cette lubie de femme enceinte, un peu inquiet de me voir ainsi obsédée par l'exercice, la santé, l'alimentation, le café déca, la bière sans alcool… Mine de rien, le discours général soigneusement relayé par le sage-femme-gourou avait réussi à s'insinuer dans mon esprit.

Quand nous sommes arrivés chez notre ami, j'ai constaté que je perdais du sang.

Panique. Ambulance. Peur bleue. Prise de conscience que je t'aimais d'un amour nouveau, étrange et terrifiant.

À l'hôpital, on nous a appris que tu vivais toujours, mais que la grossesse était menacée par une ouverture du col de l'utérus. Que c'était dangereux.

On m'a ordonné l'alitement total pendant presque tout le reste de ma grossesse.

Pour éviter qu'une naissance trop prématurée ne te tue.

*

Pourquoi c'est arrivé, cette histoire de saignement qui t'a mis en danger pendant plusieurs semaines ?

C'était un peu ma faute. La faute à ma docilité d'étrangère, et au fait qu'exilées, vos insécurités ont une fâcheuse tendance à décupler leur emprise.

À l'hôpital, lors d'une rencontre préparatoire quelques semaines plus tôt, on m'avait présenté la gynécologue qui allait s'occuper de moi à partir du sixième mois de grossesse, celle qui allait, dans quelques semaines, prendre le relais de Dre Monchal.

Ton père et moi l'avions surnommée Dre Glaçon. Elle était en effet aussi chaleureuse qu'une nuit d'hiver québécois.

Dre Glaçon m'a alors annoncé (c'est vrai que j'ai toujours été un peu pulpeuse, à la façon d'une Sophia Loren ou d'une Marilyn à l'époque où elles étaient bien en chair mais appréciées) qu'il me fallait d'urgence perdre du poids, pour éviter que tu ne deviennes aussi « obèse » que moi dans mon ventre.

Elle m'avait envoyée chez une diététicienne.

J'ai commencé un régime et un programme d'exercices intensif. Je m'en voulais tant que ma génétique, ma négligence, ma laideur menacent de devenir ton héritage.

J'y ai mis tellement d'ardeur que ça s'est terminé ainsi, par ces saignements au début du cinquième mois.

Et je ne le savais pas encore mais, lorsque je pourrais sortir de nouveau, ma grossesse tirant à sa fin et le danger écarté, j'aurais pris, en tout et pour tout, six kilos. L'ironie : D^re^ Glaçon me dirait alors être inquiète que tu ne sois pas plus gros, et que je sois moi-même si menue à huit mois de grossesse. Ton père passerait à deux doigts de péter les plombs.

Quoi qu'il en soit, je sais hors de tout doute que ce sont ces excès qui ont mis ta vie en péril.

*

J'ai donc dû passer les derniers mois de ma grossesse à l'horizontale.

Pendant cette période, j'ai fêté un anniversaire et, deux semaines plus tard, vécu un deuil – une amie proche, vivant au Québec, s'est suicidée.

C'est aussi la période où j'ai fait connaissance avec Nadège, sage-femme indépendante. Elle devait remplacer le gourou qui, à mon plus grand soulagement, ne faisait pas de visites à domicile.

Nadège était une des seules qui m'aient incitée à faire fi du discours ambiant, à faire mes propres choix, à écouter mon instinct, à me fier à mon propre jugement. Elle me disait que le fait d'être immigrée pouvait aussi être un avantage: le sentiment d'étrangeté devant le discours qui semblait acquis et naturel pour tous permettait de le remettre en cause et d'en mesurer l'aspect éphémère, circonstanciel.

(Bien plus tard, quand tu as eu deux mois et demi, j'ai été sous l'emprise de l'injonction de poursuivre un allaitement qui se passait si mal que j'en étais à deux doigts de la dépression. Nadège m'a alors rappelé que les certitudes scientifiques d'un temps sont souvent les hantises d'un autre. Qu'à une époque pas si lointaine, on poussait les mères à donner à leur enfant du lait maternisé: le lait artificiel, bourré de vitamines et de nutriments essentiels et mieux dosés parce que le fruit d'un calcul et non de la nature, était plus coûteux, certes, mais la mère aimante était prête à investir pour le bien-être de son petit bout de chou. Autres temps, autres mœurs, autres gourous, autres refrains.)

*

Le temps a fini par passer et, à partir de la fin du huitième mois, comme nous ne risquions plus rien, on m'a de nouveau permis de sortir.

Je me suis précipitée au cinéma. J'avais tellement hâte de pouvoir aller me réfugier dans une salle noire, de plonger dans le grand écran, de bouffer du rêve à pleins yeux, de nous oublier, toi et moi, et d'oublier l'angoisse dont j'espérais tant qu'elle se résorberait lorsque tu arriverais enfin.

Je suis allée voir le film *Terminator IV,* et les hormones m'ont fait réagir très curieusement. Le héros, Marcus, un valeureux guerrier d'une vingtaine d'années, se rend compte à un moment donné qu'il est un robot alors qu'il s'est toujours cru humain, et qu'il a même consacré sa vie à combattre les machines. J'ai éclaté en sanglots, des sanglots si puissants que les deux messieurs assis derrière moi ont pensé que j'avais des contractions, et qu'ils m'ont proposé de téléphoner à mon mari et de m'emmener à l'hôpital.

Je suis rentrée à pied après les avoir rassurés, et quand j'ai raconté ça à ton père, nous avons ri comme des baleines.

Je me rends compte aujourd'hui que ma tristesse procédait tout simplement d'un élan maternel envers ce pauvre Marcus dont le sort et la détresse m'avaient tant émue. Ton père, lui, pense que c'était le fait de voir un être comme moi, tout entier enfermé dans une définition de lui écrite par les autres et sous le choc de se rendre compte que, en réalité, il était une bizarrerie qui leur échappait.

*

J'ai accouché de toi le 20 novembre, et ce n'est pas une expérience dont j'ai spécialement envie de parler.

Il n'y a rien eu de bien exceptionnel. Ou alors rien que ces couacs qui nous attendrissent après coup, parce qu'ils sont sans conséquence.

Que te dire sinon que je suis arrivée à l'hôpital et que j'ai été accueillie par des infirmières qui étaient convaincues que mes cris de douleur étaient exagérés.

Qu'elles m'ont donc reléguée dans une salle en me disant d'avoir un peu plus de tenue, de faire preuve de modération.

Qu'elles m'ont néanmoins posé sur le ventre des sortes de capteurs et que, lorsque leurs machines ont indiqué que ma douleur était d'une intensité réelle et mesurable, elles ont cessé de me rudoyer et m'ont envoyé un sage-femme, adorable celui-là, qui m'a aussitôt prise en charge et prise au sérieux.

Qu'à l'hôpital, en France, mis à part le moment de l'injection de la péridurale, qui est faite par un anesthésiste, les femmes qui viennent accoucher sont exclusivement accompagnées par des sages-femmes agréées travaillant sur les lieux. Que l'obstétricien ne vient en salle d'accouchement qu'en cas de problème.

Que c'était un peu long et compliqué, mais pas exceptionnellement, que nous avons croisé brièvement la Dre Glaçon, toujours aussi glaciale (ce qui nous a fait rire), que tout cela était totalement surréaliste et que ton père et moi étions soulagés de te voir arriver sain et sauf.

Nous ne savions pas encore que ce n'était que le début du boulot le plus rude, le plus intense, le plus terrifiant et le plus engageant de nos vies.

*

J'ai donc cessé l'allaitement quand tu avais deux mois et demi, avec l'aide de Nadège, qui a ainsi sauvé ma santé mentale, ta croissance (apparemment, je ne produisais pas assez de lait) et mon couple. Ton père et moi nous disputions sans arrêt. Ma façon obsessionnelle de changer sans cesse mon alimentation pour essayer de faire fonctionner l'allaitement (une semaine on retirait l'ail, une autre, les champignons, une autre encore, le brocoli…), mon désespoir rageur, mon obstination à continuer malgré tout (j'avais bien intégré un certain discours, hein ?), le fait que j'étais persuadée que tu avais de terribles coliques par ma faute, que tout dépendait de moi et de ce que je faisais de mon corps, dont je voulais la maîtrise totale… Ton père n'en pouvait plus. Je crois qu'il a frôlé la dépression, lui aussi.

Nous étions maladroits et craintifs, mais soudés. Nous avons tenu bon. Nous t'aimions déjà profondément. Et tu as bientôt été assez grand pour bien nous le rendre.

*

Quand tu as eu sept ans, ton père et moi avons voulu venir vivre au Québec et te faire connaître ton autre pays.

Je me suis rendu compte que chaque fois que nous prenons le métro, depuis que nous vivons à Montréal, ou que nous nous promenons dans les rues, ou que nous faisons le marché, et que tu t'adresses à moi de ta petite voix de garçon de bientôt neuf ans, avec cet accent qui est le tien et que nous ne partageons pas, toi et moi, j'ai le réflexe de te répondre en exagérant mon accent québécois. Je crois que je fais ça pour te protéger du regard des gens autour de nous, ces Québécois qui, en t'entendant parler, semblent se dire : « Tiens, encore deux Français. » Je veux te protéger de l'hostilité envers les étrangers, je veux que les gens comprennent que notre histoire est plus compliquée que ça, que ta mère est québécoise, qu'elle a connu l'immigration et le rejet de l'autre, et qu'ils n'ont pas intérêt à nous emmerder.

Dans ce geste qui m'étonne toujours, je vois l'image très exacte de ce que c'est que d'être ta mère.

Être ta mère, c'est à la fois te protéger férocement et ne pas avoir peur de te dépayser.

Tu m'as dit récemment que tu étais heureux, ici, dans mon pays, que tu considères désormais comme le tien. Tu me dis souvent aussi être fier d'avoir une mère qui t'aime assez pour vouloir tuer le premier qui oserait toucher à un seul de tes cheveux, mais qui est également auteure, professeure, éditrice, et farouchement indomptable.

« Tu es une rebelle et tu mets du piment dans notre vie, à papa et moi », m'as-tu confié un jour avec un air rieur, et tu m'as dit que tu m'aimais.

Alors j'ai pensé qu'être une mère heureuse, c'est très exactement ça.

La Marcescente

Arianne LaSalle

Juste après, les feuilles étaient restées vertes durant l'hiver. Elles s'étaient fait surprendre, gelées là, encore pleines de chlorophylle. Elles n'avaient pas eu le temps de rougir, de tomber. Puis, il y avait eu cette tempête de neige. Pas celle du siècle, mais presque. Des gens étaient morts, coincés dans leur voiture enlisée. Des centaines de personnes avaient passé la nuit sur une autoroute, bloquées, la neige comme une chape de plomb. L'année d'après, les saisons s'étaient mises à valser, à s'entremêler. Novembre en mai. Quinze degrés à la Saint-Jean, trente-deux aux pommes. C'était l'année suivant son départ que les choses s'étaient mises à déraper. Il y avait eu un saut, une fracture qui avait tout bousculé. On avait manqué un battement.

Elle était morte en naissant.

*

Le soleil se couchait et, déjà, elle perdait ses couleurs. Nous étions là, à la veiller dans une tour où elle était branchée. L'or tombait sur la ville et elle continuait de s'éloigner, poursuivant sa marche invisible. Les machines s'emballaient de son calme plat. Elle était presque morte. Pas tout à fait encore.

Combien de temps les ronds de nos doigts étaient-ils restés imprimés sur sa peau ? Les secondes s'épaississaient et elle commençait à être un peu plus froide. Ses pieds étaient bleus et ses yeux aussi, peut-être. Ils nous ont demandé, puis l'ont débranchée. Tout doucement, son souffle s'est égrainé. Il était resté une lueur trop pâle qu'une seule brise avait suffi à éteindre : maintenant, elle était morte.

Ça s'était passé dans mon ventre. La mort avait changé de place avec la vie. Elle avait suffoqué en moi, je l'avais engloutie. Et depuis, j'avais un train dans les oreilles. On m'a expliqué : « C'est tout ce sang, madame. » C'est à cause du torrent dans lequel elle est partie. À cause du sang qui avait jailli de mon sexe, coulissé le long de mes jambes pour former une mare à mes pieds. Des caillots dans mon salon. Ils étaient venus me chercher et m'avaient couchée avec une infinie douceur malgré l'urgence. Ils m'avaient caressé les cheveux, m'avaient ensorcelée, puis m'avaient entaillée pour la sortir. Mon sang sur elle. Mon sang m'avait quittée pour la suivre. Mon sang l'avait précédée. Il l'avait suivie, entourée, baignée. Mon sang sur elle, dans ses narines, sur sa peau. Dans ses cheveux. Elle en était presque ensevelie. Mon sang sur elle, partout, qu'elle n'ait pas froid. Et je m'étais réveillée avec un déficit, et c'est le bruit de mon cœur que j'entendais. Mon cœur criant, hurlant ses saccades à mes oreilles. Nous étions deux ; j'étais désormais seule.

S'indignant de son départ, mon cœur pompe maintenant sa place perdue.

Il faisait nuit quand nous avons quitté sa chambre. Dans le corridor de l'hôpital, on s'est arrêtés pour boire un lait au chocolat qu'on a avalé debout, là, à côté de la machine distributrice. Ma fille était morte cinq minutes plus tôt et je buvais le meilleur lait au chocolat de ma vie. Froid et épais, parfait. J'engloutissais ce liquide pour enfant comme je cherchais jadis les mains racinées de ma mère. Ce lait goûtait mon enfance. Ce sont ces gorgées, je le sais, qui nous ont poussés dans le dos pour qu'on atteigne enfin nos lits et qu'on dorme, profondément, assommés et dédouanés de cette journée. Et j'ai compris qu'il restait quelque chose. Une part animée. J'ai senti dans cette impérative et puérile envie de lait sucré, dans le réconfort immédiat que m'avait procuré le liquide, que la vie guettait. Qu'elle n'avait pas à être débusquée, qu'elle jaillissait. Ce lait s'était occupé de nous, avec nos bras vides et notre fille morte. Deux naufragés, fatigués à mort, exsangues, mais encore du côté des vivants. Et on avait calé notre lait au chocolat qui sentait l'enfance et son champ des possibles.

*

Je portais des vêtements de deuil mous et informes. Des pyjamas laids et enveloppants, moelleux. J'aurais voulu porter l'étoffe de l'accablement, être digne comme dans les films, mais j'étais trop flasque. Il restait encore de la place en moi, un trou qui ne s'était pas bien refermé. Je me répandais, je me liquéfiais. J'allais finir par prendre toute la place, par devenir le monde. Je m'amollissais tellement que j'étais devenue visqueuse. Je collais aux choses. J'essayais de me lever, mais je m'emmêlais aux draps. Ils me tiraient toujours vers mon lit, avec mon sang en moins et la rayure douloureuse qui me raturait le ventre. Je m'enfonçais avec mon corps mou dans mon lit engloutissant, prêt à m'avaler. Un lit comme les sables mouvants de mon enfance. Combien de temps y suis-je restée ? Des jours. Au bout du quarantième, j'ai réussi à déprendre mon bras du nœud de mes draps et à le relever. Ma tête luttait contre les oreillers, mes cheveux se nouaient aux plumes. J'ai tendu la main et agrippé la base de mon lit. Mes jointures blanchissaient sous l'effet de la crispation. J'ai tiré. Je bandais mes muscles, c'était presque impossible. La gravité me ramenait toujours vers le trou noir de mon lit. Mes mains blanches devenaient froides. Et puis, toujours, ce boucan dans les oreilles. À la dernière seconde, j'ai fini par y arriver. J'ai déjoué les couvertures et j'ai tiré, tant tiré que je me suis éjectée hors du lit pour me buter lentement aux choses. L'élan avait été si fragile, l'impact, si faible. Presque nul. Je n'ai rien senti, en fait. Je ne sentais plus rien. Sauf l'odeur de salon mortuaire des montagnes de lys blancs qu'on nous avait envoyés. Si la mort a une odeur, c'est celle du lys blanc.

J'ai mis des vêtements épais et je suis sortie dans la tempête. Le train grondait si fort dans mes oreilles qu'il brouillait les contours du monde. J'étais confuse. Je n'arrivais pas à comprendre ce que je devais faire de son corps. Je n'avais pas bien compris ce qu'ils m'avaient dit. Je n'enregistrais rien. Je ne savais jamais où elle était, ce qu'il fallait faire. J'oubliais toujours les détails. Je les appelais, ils m'expliquaient, et sitôt après, j'oubliais : j'étais aussi cette feuille verte, surprise et gelée. Je marchais lentement, les yeux mouchetés, et j'ai senti un caillou. Un mur. Je faisais de la boucane au coin de la rue et je ne savais plus où aller. J'avais perdu le fil. Il y avait tant de directions possibles et elle n'était plus là. Tout avait été possible sauf ça. J'avais les pieds gelés et j'avais oublié les raisons d'avancer. Mes genoux s'étaient bloqués. Le vent tournait, la neige se levait. Mon ventre mou portait encore sa trace et je me suis rappelé : elle était à l'hôpital, on devait aller chercher ses cendres. Ils nous avaient donné dix jours pour appeler.

En arrivant à l'hôpital, ils avaient dit : « Il n'y a plus de cœur, madame. » Mais il battait encore, avec une force qui tarissait rapidement. Les contractions du petit myocarde s'essoufflaient, ce cœur hurlait trop doucement. Nous avions été incapables de l'entendre. Il s'était tu. Et le mien faisait tellement de bruit, c'en était gênant. J'avais les oreilles pleines de mon maudit cœur qui m'empêchait de comprendre où il fallait la mettre. Je ne savais pas quoi faire de sa dépouille, où la garder. Je ne savais pas. Peut-on garder son enfant mort chez soi ? Qu'on me comprenne : est-ce qu'on peut continuer à vivre avec son enfant mort chez soi ? Doit-on l'enterrer, lui offrir une sépulture, un point immuable où aller lui rendre visite ? Un point fixe dans l'Univers où elle serait seule et entourée d'inconnus. Trente heures de vie. L'idée de son nom gravé dans la pierre me pétrifiait. Françoise. Son corps dans la terre froide. Françoise, toute seule dans la terre froide, avec des toutous qui prendraient l'eau sur l'herbe. Françoise, seule. Doit-on absolument mettre les morts avec les morts ? Elle était un bébé, trente heures de vie. Un tout petit bébé. Je ne savais pas. Alors je suis restée là, les doigts gelés au coin de la rue, ne sachant pas si je devais tourner à gauche, à droite.

Et c'est lui qui me l'a dit : « Gardons-la ici. » On est allés la chercher.

J'ai pris ses cendres, je m'en suis fait des décoctions, des cataplasmes. Je les ai léchées. « Reviens chez toi, ma fille. » J'ai mis ce qui restait d'elle dans une urne en sable que j'ai posée sur le manteau de la cheminée, au centre de la maison. Et j'ai tout verdi autour d'elle. Je lui ai fabriqué une canopée. « Que le vert t'entoure, ma fille. Qu'il me sorte par la bouche, par les seins. » Je lui ai vomi des feuilles cordiformes, dentées et elliptiques. Je lui ai pleuré un nid, un cocon, une chrysalide. Et j'ai orienté la lumière. J'ai dirigé le soleil vers elle.

Ici, là.

J'ai attrapé les insectes, les colonies de fourmis, les maudites cochenilles voraces. Que sa sépulture continue de verdir, qu'elle verdisse. Et je suis restée là, en me demandant si elle n'était pas végétale depuis le début et si, par hasard, elle n'avait pas laissé un germe dans mon ventre. Un germe qui aurait pris racine dans le trou qu'elle avait laissé et qui m'envahirait les poumons. Qui descendrait de mon utérus en passant le col, et fleurirait dans mon sexe. C'est moi qui deviendrais sa canopée et peut-être que mon cœur cesserait ce boucan.

Mes cheveux de vigne vierge s'allongeant dans le soleil, mes seins comme du chanvre. Ma tête de tournesol tournée vers elle. Mes pieds d'orme d'Amérique enracinés à ses côtés. Je verdis aussi, je verdis.

Et j'ai passé l'hiver à étendre mes racines dans tout le salon. La mousse s'est installée sur le foyer, pionnière et confortable. Prenant mon relais, les araignées ont tissé des toiles pleines d'insectes. Les feuilles ont rampé jusqu'aux fenêtres, le vent s'est calmé. Les heures stagnaient. Tout ce vert a fini par nous étouffer. C'est devenu trop humide avec, toujours, la pourriture qui guettait. Les murs perlaient. J'ai fini par sentir quelque chose me chatouiller les côtes, un écureuil. Le train s'était tu, et c'est là que je l'ai entendue. Elle. J'ai tourné ma tête-tournesol, attirée par une autre lumière, plus vive, grouillante : Momo était là. Première enfant, poète et magique. Grande sœur sans fratrie. Un à un, elle a décollé mes orteils, la plante de mes pieds, mes talons. Elle a pris mes mains noueuses et les a posées sur son visage. Sur ses joues rondes et élastiques qui contiennent toute la beauté du monde. J'ai entendu des choses sortir de sa bouche toujours mouillée, les choses les plus belles. Mon sang s'est réveillé. J'ai deux filles ; une végétale, une magicienne.

*

L'hiver est revenu, froid cette fois, normal, moins quinze, moins vingt. Les feuilles ont eu le temps de rougir, de tomber. Autour, il ne reste déjà plus de traces d'elle. Au moins, quand c'était novembre en mai, quand il faisait quinze degrés à la Saint-Jean et trente-deux aux pommes, je savais que le cosmos était de mon bord. Que lui aussi trouvait que ça n'avait pas de maudit bon sens d'être si belle et de mourir. Mais le monde s'est réorganisé. Et sans m'en rendre compte, moi aussi, je suis revenue.

J'avais marché et j'avais viré les trottoirs à l'envers. J'avais grimpé aux arbres, les pieds pleins d'écorce, et j'avais frappé le ciel.

Et je suis revenue, moins molle, avec ma rayure mauve et mes enfants-lumière.

J'attends le printemps.

La marcescence : qui flétrit sur la plante sans s'en détacher.

De mères en fils

Ariane Moffatt

J'ouvre les yeux. Je suis toute seule, une potence flanquée de chaque côté de ma civière. Je ressemble plus à une marionnette qu'à une femme qui vient de donner la vie.

Tout mon être est engourdi, paralysé.

Au loin, la silhouette d'une infirmière s'affaire machinalement à sa simple routine… Ce qui me semble être une caverne sans fond est en réalité le dernier sous-sol d'un hôpital de Sherbrooke.

Il est probablement entre 4 h et 5 h du matin, l'heure la moins fréquentée par la conscience. Cette fenêtre de temps qui demeure ouverte dans des lieux très précis, en marge du cours normal des choses. Les hôpitaux, les centres-villes, les aéroports et autres points de transit. Bref, ces endroits qui ne connaissent jamais le luxe de prendre une pause. Au moment où je parviens à retrouver mes esprits, mon bébé n'est ni dans mes bras ni dans la pièce. Il est ailleurs dans cette bâtisse, lui aussi comme la plus fragile des marionnettes, le souffle relié à des ficelles qui font gonfler ses poumons à sa place.

C'est son autre maman, Florence, la femme de ma vie, qui veille sur lui. Cela suffit à me mettre en confiance, du moins à m'empêcher de paniquer. Je me raccroche aux vibrations hypnotiques des néons mêlées aux conversations d'usage qui gardent le personnel soignant éveillé.

De toute façon, avec la quantité de molécules que mon organisme a absorbées, il me serait impossible d'atteindre le vif des sentiments. Je me trouve dans un état second, épuisée et dépendante.

Peut-être qu'au fond c'est moi, le petit être à l'épiderme translucide. Celle qui demande à être rassurée, celle qui, au moment où elle devrait être la plus forte, se sent encore désorientée dans l'immense vertige de l'existence.

Quelque part dans mon for intérieur nouvellement vacant se tracent les contours du tout premier des innombrables paradoxes caractérisant la maternité. Un sentiment de soulagement de m'être « débarrassée » de mon accouchement.

Comment est-ce possible de chercher la sortie de ce qui devait être le plus sacré, le plus profond moment de ma vie ?

Pour une fâcheuse histoire de pression qui m'a assaillie à trente-quatre semaines de grossesse. Prééclampsie sévère.

Comme un coup de tonnerre sur ma maison de campagne.

Un orage lourd que j'ai vu apparaître au loin.

Gonflée des pieds à la tête, sorte de pleine lune sur pattes chancelantes, je me suis rapidement métamorphosée en une marée haute refusant de descendre.

De violentes vagues ont claqué sur mon désir viscéral d'accoucher naturellement.

J'ai dû rouler seule du chalet jusqu'à l'hôpital Fleurimont.

Et c'est là, plus exactement dans la salle de triage, que je n'ai eu d'autre choix que de commencer à avaler le copieux lexique; la nomenclature chimique de ma fin de grossesse anticipée.

Perfusion de magnésium anticonvulsivant au moment précis où le médecin m'annonce que je ne sortirai pas d'ici avant d'avoir accouché. Corticoïdes pour maximiser la maturation des poumons de bébé, échographie pour évaluer sa croissance, Cervidil pour effacer le col la veille du déclenchement, ocytocine, électrodes, épidurale après une bonne poignée d'heures à appliquer les techniques d'autohypnose et autres *chantings* que j'avais assidûment intégrés durant ma grossesse et, au bout du chemin, le couperet tombe:

Césarienne, comme une entaille au scalpel dans cette nuit que je commençais à croire sans lendemain.

Les contractions plafonnent. Bip, vous avez dépassé la limite permise pour accoucher par voie basse.

Je suis abattue, mais je me rends à l'évidence. Je m'étais promis d'accepter que je n'aurais pas beaucoup de contrôle sur la manière dont mon fils arriverait jusqu'à nous. Alors je ravale mes larmes au goût chimique et tente de rester présente et disposée à la nouvelle réalité.

Florence, rassurante et pragmatique, ne lâchera jamais ma main.

Après coup, je me suis trouvée forte à ce moment de l'épreuve. Je n'ai pas trop résisté ni paniqué. J'ai accueilli ce que je redoutais le plus avec une certaine dose de maturité, plutôt inhabituelle dans mon cas. Cette vision d'une Ariane la tête presque haute dans la tempête m'a aidée par la suite à faire la paix avec cette « catastrophe naturelle » inattendue. Comme si à la surface remontait une part de moi-même qui m'était jusqu'alors inconnue. Le premier signe de ce que j'appellerai bientôt ma « petite renaissance ».

Pendant tout ce temps, dans le bassin bien chaud qu'est mon utérus, ton cœur garde le tempo, il bat bien. En dépit des complications, je me dis que tu sens combien tu es attendu, combien je suis prête à tout encaisser pour sentir ton doux ronronnement contre ma poitrine. Tu es un garçon qui s'annonce minuscule mais qui fait son petit bonhomme de chemin malgré une sortie anticipée de quelques semaines.

*

Je t'ai tellement brassé, enceinte.

J'ai chanté plus que jamais.

Florence était essoufflée de me voir courir partout comme une maman poule pas de tête et tousser à m'en donner mal au cœur, presque du début à la fin.

Malgré un système immunitaire qui faisait des siennes, je me sentais si heureuse de partager ma passion avec toi qui poussais à l'endroit exact où je ressens la musique le plus fort. DANS LE VENTRE.

Dans cet espace de toutes les intensités que je n'avais jamais encore véritablement partagé avec personne. Dans ce pays du plus intime, du plus profond; ce territoire des sensations juste avant qu'elles ne montent à la tête…

Je me sentais sereine et confiante, presque légère…

Ensemble, on s'est agrippés aux racines du grand Vigneault sur scène, on a chanté *Maman* avec la douce Clémence, ça ne s'invente pas, on a pleuré Cohen en le revisitant dans l'intimité de mon studio. Je t'ai présenté à travers ma voix quelques-uns de mes parents artistiques.

Ensemble, on a tourné, tourné et on s'est échoués sur des divans de loges pour reprendre notre souffle. Je t'ai trimballé fièrement dans tous les corridors de mon métier.

Je nous revois, lors de ce qui finalement aura été mon dernier moment de scène enceinte, aux Francos, à trente-cinq degrés derrière la batterie, à jouer et à hurler: « Laide, laide, comme la vie est laide, laide! »

Ma médecin m'avait donné son approbation. « Tu travailles pas dans une usine! Il aura juste beaucoup de rythme, ce bébé-là. » À chaque coup de caisse claire entre mes cuisses, je me demandais si c'était trop fort, si tu tapais du pied ou si j'étais en train d'exploser tes petits tympans.

Si cette doc te voyait aujourd'hui balancer la tête et chercher la provenance du son dès qu'il y a de la musique dans une pièce, elle la balancerait, elle aussi !

Rien n'avait changé. J'étais la même fille assoiffée de musique, juste mieux accompagnée. Je me sentais gonflée de vie et si heureuse d'être enfin celle qui la porte.

Je n'ai jamais été malade ni hypocondriaque. Alors quand on m'a parlé de complications, j'étais persuadée qu'il y avait erreur sur la personne.

Signe que je manquais d'écoute ?

Je m'étais habituée à rouler dans un tank capable d'encaisser les coups, sans me plaindre, à tracer loin devant pour atteindre mes rêves, drapée d'une cape d'invincibilité.

En post-partum, quand l'état de G. s'est stabilisé aux soins intensifs, quand j'ai senti que ce serait une question de temps avant que je puisse retrouver sous un même toit mes deux plus grands et mon amoureuse, j'ai été saisie par un état particulier que je qualifierais de renaissance enclenchée par la fonte de mes défenses.

*

En sortant de l'hôpital, j'ai vu le soleil et senti la brise d'été sur ma peau pour la toute première fois. J'avais échappé à un scénario qui aurait pu être tragique et je mesurais ma chance d'avoir une famille hors de danger, sur le point de retrouver un quotidien plus normal.

Cette nouvelle brise me soufflait :

« Ça va aller, là, tout va rentrer dans l'ordre. »

Ça ne s'est pas fait du jour au lendemain.

L'allaitement.

Le privilège de nourrir par soi-même.

Je n'y suis pas arrivée. Fantasme idéalisé de contact naturel avec mon enfant. Après des mois de traitements de fertilité si stériles et un accouchement glacial.

Comme ça m'a fait mal.

J'étais folle.

Hormones, rage et tristesse.

Et les fées qui défilent pour tenter de me convaincre que « tout est encore possible », comme si ma vie en dépendait.

La culpabilité, la détresse : un coup au plus profond de ma féminité.

Autour, les copines allaitent comme des chattes. Et les autres, qui ne connaissent rien des cliniques de fertilité, ne savent pas ce que signifie pour nous *faire des enfants*.

Alors que la vie m'a jusqu'ici plutôt épargnée, je me demande pourquoi ce passage naturel m'est si fastidieux.

Déprimée, épuisée, je suis coincée dans le ressac d'une vague sournoise qui m'a engloutie.

Est-ce qu'on peut se sentir démunie et remplie à la fois ? Est-ce que ce serait ça, être mère ?

Comme à plusieurs autres étapes de ma vie, j'ai l'impression que même mettre un enfant au monde ne suffit pas à apaiser cette fameuse partie éternellement inconsolable de mon être.

Je n'ai plus le temps ni la liberté de me laisser dériver.

Je noue au bout de mes doigts les fils de la marionnette.

Émergent alors les mots, mes bouées alphabétiques, contractions douces et indolores.

Ils se sont d'abord déposés un à un dans le petit livre rouge donné par mon amoureuse, traîné avec moi aux aurores vers la néonatalité de Saint-Luc, entre deux contenants de lait fraîchement tiré.

Tout absorbée par les ronronnements inégaux de mon ourson malade, j'avais encore non seulement de la place mais un besoin puissant de voir les mots prendre forme sur la page blanche.

Un besoin de me rapprocher de moi, par eux, pour prévenir les embouteillages.

La poésie jouera encore ce rôle crucial de ruban adhésif pour mon cœur en miettes.

J'ai commencé à écrire à l'hôpital, puis pendant que G. dormait dans sa chambre à la maison. Je restais à côté de son lit, assise dans la chaise berçante, la seule position envisageable pour que les bons mots se rendent à moi. Autrement, je poussais son petit couffin d'un pied pendant que l'autre s'occupait de la pédale de *sustain* sur le piano du salon.

Pendant son boire, je bonifiais des bouts de refrains parce que, dans le noir, les mots sont plus scintillants.

À environ deux mois et demi, il nous a graciées de nuits complètes, au moment exact où j'accumulais un nombre si substantiel de textes que j'ai réalisé que j'étais en train de composer un disque. Une fenêtre qu'il a entrouverte pour me permettre de reprendre temporairement des forces.

Ces nuits d'exception m'apparaissent comme une forme d'interaction puissante, un dialogue entre deux créations.

L'aboutissement de ma propre gestation.

Alors que ma culpabilité de mère me traverse l'esprit, que je m'en veux de ne pas offrir toute mon attention à mon bébé, même si j'avais si intensément chéri l'idée de ce long congé de maternité, je ne choisis pas. Ça va de soi. L'ensemble de l'expérience forme un tout cohérent et indissociable. Deux histoires intenses et authentiques prédestinées à se chevaucher, à se croiser dans mon cœur ; petit lait et paroles fraîches, premiers pleurs et nouvelles mélodies.

Il y a même eu un point de rencontre physique entre ces deux *naissants* : le titre de ce disque en devenir qui s'est envolé de la bouche la plus inspirée du monde, celle de H., mon grand poète de quatre ans, le gardien de la fantaisie.

Aussitôt que G. est rentré à la maison, son grand frère a développé une obsession pour ses mains. Quand il se trouvait dans la même pièce que son bébé frère, il se jetait littéralement sur ses mains en répétant d'une voix haut perchée: « Oh, les petites mains précieuses… »

Il venait de nommer ce que je cherchais depuis la naissance de G.

Un symbole, un liant…

La main qui donne, reçoit, travaille, crée, protège et rassure.

La main, ce premier point de contact qui nous lie à jamais.

Ta petite main, G., que j'arrivais à trouver géante malgré sa taille minuscule dans la chaleur artificielle de ton incubateur. Cette main origami que j'aurais tant voulu plier et déplier à ma guise, guidée par cet excès d'amour impossible à contenir, mais que, sur les recommandations des infirmières, je devais approcher avec une forme subtile de retenue pour éviter de trop te perturber.

Petite main précieuse enroulée autour de mon doigt comme la plante fragile mais bien vivante autour de son tuteur, je t'ai tellement observée.

Havre aux Maisons

Le vent siffle entre les fenêtres.
Le lit fait craquer le silence.
J'ai maintenant les ficelles du cerf-volant bien en main.
Tu respires fort dans ton petit parc.
Partout autour, la profondeur de champ et l'horizon font mentir l'été dernier, celui durant lequel j'ai retenu mon souffle beaucoup trop longtemps.

Sur cette terre magique qui me soulève depuis presque vingt ans, tu fais tes premiers pas.
Chaque après-midi, les paumes remplies de sable doré, tu découvres un peu plus l'un des endroits les plus chers à mon cœur.
Ah, ces îles ! Gardiennes de tant de mes secrets.
Mon premier grand amour m'y a attachée.
Souvenirs de nuits blanches sur les dunes et de nuits noires à l'attendre dans le silence angoissant d'une trop grande maison.
Tous les pores de ma peau obstrués par le sable et les larmes.
Cet ancien moi insulaire au cœur en perpétuel naufrage était loin de s'imaginer qu'il reviendrait un jour avec une femme comme amoureuse et trois fistons dans ses bagages.
Un an a passé depuis ta naissance.
Les inquiétudes se sont dissipées une à une.
On est ailleurs. Tu es notre bébé bonheur.
Tu pourrais avaler tout ce vent sans broncher.
Le monde est à tes pieds alors que tu tiens à peine debout. Tu ne portes plus de traces de la grenouille prématurée.
À part peut-être cette capacité que tu as à t'endormir seul.

Le regard hypnotisé par l'ondulation parfaite des buttes qui magnifient notre cour arrière, je fais le bilan des huit dernières années.

Inséminations, fécondation *in vitro*, hormones, injections, interruptions de grossesse, césariennes, prééclampsie, fausses joies, vraies peines…

À ce jour, je suis encore sonnée par la pression qu'a exercée sur notre couple ce sinueux parcours. Comment on a fait pour traverser tout ça ?

Un amour infini qui a permis un attachement totalement équivalent des deux mamans envers leurs trois fils.

Même ce soi-disant « surplus d'amour » pour celle qui porte l'enfant nous a survolé le cœur sans s'y loger.

Il y a dans notre belle meute imparfaite un amour sans fond, égal-égal. Un heureux mélange de bonheur et de découragement, parfois dans la même minute. On finit par apprivoiser ces états contradictoires indissociables de l'enfantement.

*

L'obsession du désir de maternité, maladie qui enfle le cœur et la tête, peut, dans le cas d'un parcours en procréation assistée, se transformer en marathon, en course contre soi-même. Le fameux matin où on voit apparaître les deux barres roses sur le test de grossesse, matin tant attendu, tant espéré, comme si le succès ou l'insuccès de son existence résidait précisément entre ces deux barres.

Pour participer activement à cette grande révolution, ce cercle parfait qu'on dessine souvent pour représenter la vie ?

Pour offrir à notre tour ce que nos parents nous ont offert un jour ? (Et Dieu sait que j'en saisis la pleine mesure au quotidien.)

Comme s'il s'agissait de la seule vraie manière de donner un sens à son passage ici-bas, en inscrivant son humanité dans le livre du temps. En se sortant de soi pour mieux pouvoir renaître.

Il s'agit peut-être d'une construction de l'esprit, d'une forme d'idéalisation, parce que cet appel est bien cher payé !

S'attacher à sa lignée, est-ce l'unique façon de se rassurer dans ce tout vertigineux qui nous contient ?

Le désir a toujours été criant en moi, depuis ma petite enfance. J'y ai répondu non sans peine et j'en ai aujourd'hui plein les yeux et les bras !

*

La nuit se déploie et active mes songes. Je me rejoue la précieuse séquence.

Ici, cette seconde où tu rencontres la lumière du jour pour la toute première fois.

Là, le chant bouleversant de ton tout premier cri.

Puis, cet instant où j'implore sur le ton le plus vulnérable jamais jailli de mon cœur : « Mon bébé, mon bébé, c'est mon bébé », jusqu'à ce qu'on te dépose sur ma poitrine, trésor ultime, rouge et luisant.

Ce moment précis reste intact, inébranlable, malgré les embûches. Il demeure pur et grandiose pour moi comme pour ta maman Flo, qui a pu te garder assez longtemps en peau à peau.

Ce moment, c'est tout ce qui compte, au fond, parce que le reste, on en revient. Le reste s'ajoute à la liste des récits intérieurs importants, ces face-à-face avec soi-même qui font grandir et donnent de la densité à l'âme, en raffinant ses contours.

*

Du sommet de la butte voisine s'échappe le tube culte d'Enya, *Orinoco Flow*: «*Sail away sail away sail away*», clin d'œil à la fois cliché et touchant qui me ramène le visage juvénile de ma mère. Depuis les années soixante-dix, elle nous adresse à chacun de nos anniversaires une interprétation de la maxime de Khalil Gibran tirée du *Prophète*:

« Vos enfants ne vous appartiennent pas, ils appartiennent à la vie. »

Ce rituel m'émeut. Elle a su appliquer ce tour de force avec ses trois enfants. Nous aimer sans nous retenir, nous mettre au monde sans nous dicter un chemin qu'elle aurait préféré nous voir emprunter. Digne de ses croyances et humble face à son rôle de «passeuse de vie». Un modèle inspirant, même s'il est assez difficile à incarner pour moi, son bébé qui ne lui appartient pas.

Alors toi, petit G., encore si dépendant de ses mamans, *sail away,* mousse, une curiosité à la fois pendant que je fixe l'horizon, convaincue plus que jamais que je ne parviendrai jamais à trouver des mots capables de résister au vent pour nommer ce qui, malgré tout ce que ça a de terrestre, de pragmatique et de répétitif, demeurera toujours le plus grand des mystères pour moi.

L'enfantement.

Ta naissance.

Notes sur ta création

Alexia Bürger

À Zacharia

Gospel

Le téléphone fixe retentit trop fort et trop longtemps. Comme si quelqu'un cherchait à me joindre depuis un autre siècle. Je finis par ouvrir les yeux. Je ne comprends pas où je suis. Pas avant d'avoir vu le rideau brun à demi tiré, le drap posé sur mes jambes, le soluté. J'étire le bras pour attraper le combiné: la voix jeune d'un homme fatigué, professionnelle et pressée. Quelque chose comme: « On doit faire une transfusion. J'ai besoin de votre permission verbale, madame. »

Avalanche de *what the fuck* dans mon cerveau très engourdi.

« Une transfusion, madame… Pour votre fils. C'est une procédure très courante en néonatalogie. »

Puis tout à coup, dans mon cortex emmorphiné, deux constats dans cet ordre:

1- J'ai un fils.

2- Il doit recevoir une transfusion.

La voix fatiguée de l'homme est adoucie par mes bégaiements de nouvelle mère.

« Si la transfusion ne contrevient pas à votre religion, dites-moi simplement oui et rendormez-vous, madame. Vous avez besoin de repos… »

Quand il raccroche, un sanglot remonte des profondeurs de mon ventre pour m'éclater dans la gorge. Ça réveille ma cochambreuse. Ses mots traversent le rideau brun pour se rendre jusqu'à moi : « *Remember what we said last night, darling? We said we were going to stay strong and positive. So stay fucking positive.* »

Je ne crois pas en Dieu, mais s'il existe, il communique avec moi par l'entremise de ma voisine de lit.

Roulette russe

Tu es né hier, après vingt-quatre semaines de gestation. Vingt-quatre semaines sur quarante.

C'est ce qu'on appelle avoir un peu le feu au cul, mon fils.

Il y a huit jours, j'ai entendu ton cœur courir comme un petit cheval vaillant.

Il y a huit jours pourtant, tout allait comme sur des roulettes.

Tu serais né la semaine dernière et ils t'auraient baptisé « Fausse Couche ».

Tu aurais eu la patience d'attendre deux semaines encore et les médecins auraient été dans l'obligation de te maintenir vivant malgré tes poumons qui n'ont pas encore fini de se former. Tes poumons qui ne peuvent pas respirer par eux-mêmes.

Mais voilà, toi l'original, tu as choisi pour naître LA semaine où la natalité est en spécial. Cette semaine seulement, c'est à ton père et moi que revient la décision de te laisser mourir à la naissance ou d'exiger des médecins qu'ils te gardent artificiellement vivant.

Si nous choisissons cette option, tu as *une* chance sur *deux* de survivre. Si par cette chance sur deux tu survis, tu as *une* chance sur *deux* d'avoir des séquelles. Si par une malchance sur deux tu as des séquelles, il est absolument impossible de savoir lesquelles. Le docteur nous a dit: « Ça peut aller d'une paralysie cérébrale totale à un simple petit problème d'attention. »

S'il vous plaît, me redonneriez-vous un peu de cette très bonne morphine ?

Olympiques

Je me lève pour faire une démonstration de marche postcésarienne à l'infirmière.

Je m'applique en crisse : j'ai mis mon sourire de tout-va-vraiment-bien-madame-non-vraiment-croyez-moi-j'ai-pas-du-tout-l'impression-d'avoir-été-sauvagement-découpée-en-deux-à-la-tronçonneuse-la-nuit-dernière. L'infirmière me regarde avec un sourire de ouain-si-tu-savais-ma-fille-combien-j'en-ai-vu-d'autres-faque-celle-là-on-me-la-fait-pas.

Le verdict tombe: trop tôt encore pour marcher jusqu'à toi.

Tu es sur terre depuis plus de vingt heures et je n'ai pas encore eu la permission de sortir de ma chambre pour te voir. Crois-moi, rien ne m'empêchera de faire ta connaissance. S'il le faut, je tuerai l'infirmière. Je l'étranglerai à mains nues. Je la décapiterai. Je lui déchirerai sauvagement la face avec mes ongles avant d'enjamber son corps mort avec toute la flexibilité que m'autoriseront mes séquelles postopératoires. S'il le faut, je prendrai en otage tous les employés du bloc 4-9 avec le couteau de plastique qui traîne sur le bord de mon cabaret et je marcherai sur la tête des autres pour me rendre jusqu'à ton incubateur.

Ta mère en a vu d'autres. Je suis en route vers toi.

Lune de miel

Couloir des soins intensifs de néonatalogie. J'entre dans la chambre 17. Ils sont huit ou neuf en blouses blanches autour de ta couveuse. Crayons, papiers, notes. Nous sommes dans un centre hospitalier universitaire, les résidents font leur tournée et tu es un cas : c'est normal. Je les regarde quand même avec un œil de louve méchante.

Quel animal étrange s'immisce insidieusement dans le corps d'une nouvelle mère ?

Me voilà devant toi : huit cent trente grammes de beauté emmêlés dans les électrodes. Pour que tu puisses respirer, ils ont installé une canule dans ta trachée, reliée à un ventilateur. Pour pouvoir te nourrir, ils ont mis dans ton nez une sonde de gavage. Pour mesurer le taux d'oxygène que transportent tes globules rouges, ils ont enroulé un capteur lumineux autour de ton pied. Les fils sont reliés à des moniteurs qui nous informent de ton rythme cardiaque, de ta fréquence respiratoire, de ta pression artérielle et de ton taux de saturation en oxygène. Les machines émettent des sons en continu, crient comme une armée de micro-ondes sur la cocaïne.

Dans ta couveuse, il y a deux trous. J'y glisse mes bras. Je pose une main sur ta tête, l'autre sur tes jambes et je te maintiens replié sur toi-même, en position fœtale. Soudain le bruit des moniteurs se calme : l'écran m'indique que tu prends mieux ton oxygène. L'infirmière sourit et m'explique que dans les jours suivant leur naissance, les prématurés respirent mieux au contact physique de leurs parents. Même si ce n'est pas scientifiquement prouvé, pour elle, c'est un fait maintes fois vérifié – une vérité mystérieuse et indubitable. Dans le couloir des soins intensifs, les infirmières appellent ce phénomène la *lune de miel.*

Statistiques

Le ventre de la néonatalogie obéit à ses propres lois, qui ne ressemblent pas à celles du monde extérieur. Chez les extrêmes prématurés comme toi, petit Tom caucasien, les filles ont plus de chances de survivre que les garçons. Et parmi elles, ce sont les Africaines, les Haïtiennes, les filles noires qui ont au départ le plus de chances de s'en sortir.

Ça me donne très envie de sourire et de pleurer simultanément.

Vache

Je trais mon lait toutes les trois heures avec une patente qui ressemble à un ostie d'appareil agricole. Le Dr Gabriel me dit que le lait maternel augmente beaucoup les chances de survie des enfants comme toi. Je m'adonne à la traite avec rigueur et obsession.

Huit fois par jour (réveille-matin la nuit), je sors de mon impuissance pour remplir quelques petits pots en plastique. Pour l'instant, tu ne peux en ingérer que quelques gouttes par jour, grâce au gavage. Les petits pots s'entassent dans le congélateur de l'hôpital.

Chaque fois que nous déposons trois gouttes de lait dans ta sonde, j'imbibe en même temps un petit coton que je dépose dans ta bouche minuscule. C'est pour que ton cerveau en formation associe le goût du lait avec la sensation de satiété. Ce sont les infirmières qui m'ont montré ce truc.

Les infirmières sont mes sœurs, mes idoles, tes mères et nos sauveuses. Elles maîtrisent une science qui échappe au commun des mortels, aussi docteur soit-il.

Quand le sucre du lait se rend à ton cerveau, on dirait presque que tu souris. Moi, je deviens la productrice laitière la plus heureuse de toute l'histoire universelle bovine.

Substances

Ampicilline, gentamicine, linézolide, fluconazole, Tazocin, Fungizone, surfactant, caféine, hydrochlorothiazide, insuline, Lasilix, morphine, Ativan, phénobarbital, fentanyl, atropine, hydrocortisone, dexaméthasone.

Ce n'est qu'une partie de la liste des substances que tu as déjà ingérées depuis ta naissance. Attention : à mon avis, tu peux aussi contenir quelques traces d'arachides.

On te fait une prise de sang par jour et des transfusions quasi quotidiennes. En plus des perfusions et des radiographies, tu reçois quatre antibiotiques à la fois, par intraveineuse. La semaine dernière, on a dû te faire une chirurgie pour refermer ton canal artériel.

À quel moment le courage se change-t-il en acharnement ?

Le pacte

Cet amour qui grandit nous brûle-t-il la rétine ? J'ai fait un pacte avec les médecins : ils m'ont promis de nous dire quand ils ne croiront plus à une possible vie de qualité pour toi.

J'ai fait un pacte, mon petit homme, d'accord ?

Étude mineure

Ton père est musicien. Lorsque les médecins nous parlent, il saisit les enjeux médicaux dans leurs moindres détails. On croirait qu'il a étudié la médecine pendant quinze ans.

Les médecins sont impressionnés, moi, je suis amoureuse.

La néonatalogie est une science inexacte qui exige de savoir lire les silences. Lire dans les intervalles entre le sensible et l'intelligible.

Dialogue

Entre mères de grands prématurés, lorsque nous nous croisons dans le couloir des soins intensifs, nous parlons de nos enfants et de leurs multiples interventions médicales. J'ai besoin d'entendre les autres et en même temps j'ai peur d'en savoir trop sur ce qui nous attend. Étrange dialogue, à la fois égoïste et solidaire.

Un jour, l'une d'elles me pointe un local au bout du couloir dans lequel cinq ou six personnes sont en train de s'engouffrer. « C'est ici qu'ils donnent rendez-vous aux parents des enfants morts », me dit-elle.

Je me promets de ne plus jamais adresser la parole à cette maman.

Kangourou

Deux semaines que tu es né et je ne t'ai pas encore pris dans mes bras. Pour ça, il faudra que tu sois assez en forme pour sortir de ta couveuse pendant quelques heures.

Chaque matin, j'entre dans la chambre avec l'espoir que la journée nouvelle me mènera dans tes bras.

Vers la fin des années soixante-dix, à Bogota, le pédiatre d'un hôpital défavorisé qui manquait de couveuses a mené une expérience en plaçant les petits prématurés dont la vie était en danger contre leurs parents, en peau à peau, vingt-quatre heures sur vingt-quatre. L'expérience fut tellement concluante que, partout dans le monde, les hôpitaux tentent désormais de sortir les bébés de leur couveuse régulièrement pour les poser sur leurs parents. La méthode kangourou, lorsqu'elle est bien pratiquée, stabilise le rythme cardiaque et respiratoire, favorise le développement cérébral, la prise de poids ainsi que la qualité des périodes d'éveil et de sommeil des petits prématurés.

Le fameux jour est arrivé. Je n'y crois pas. Deux infirmières vous sortent de l'incubateur très lentement, toi et tous tes fils. Je m'allonge torse nu dans une grande chaise qui ressemble à un transat de plage. Elles te posent sur moi : *coconuts*, mer, vent chaud mais bruits de moniteurs. Nous restons blottis l'un contre l'autre pendant trois longues heures, immobiles. Lorsqu'elles te remettent dans ta couveuse, la trace de ta chaleur est encore imprimée sur moi.

Afterhours de sérotonine. Je ne vis que pour la prochaine fois.

Code bleu

L'alarme sonne à tue-tête dans le corridor des soins intensifs. Une dizaine de médecins et d'infirmières entrent en panique dans la pièce. Un vent froid et violent traverse la chambre 17. Le Dr Gabriel hausse le ton drastiquement : il crie à tout le monde de se taire, mais il a lui-même du mal à garder son calme.

Tu ne respires plus.

Je ferme les yeux et je serre ton père à lui en broyer la colonne vertébrale. Nous restons là, debout, au milieu d'un champ de panique qui ressemble à l'éternité.

Et va savoir pourquoi, soudain, je me rappelle : nous sommes le 7 avril. Le sort se fout de ma gueule, c'est sûr. Le destin est un fou dangereux qui me niaise en sortant un calendrier. Il y a exactement cinq ans, ton oncle, mon frère, a décidé qu'il en avait assez de vivre. Il y a cinq ans, jour pour jour, ma mère a perdu son seul fils.

Tout à coup, un grand soupir de soulagement traverse le corps médical. Ils ont réussi à enlever une chose mystérieuse qui était restée coincée dans ta gorge.

Tu respires à nouveau, mon amour.

Devenue folle

Un certain vendredi, les médecins nous convoquent dans un très grand bureau. Ils ont pris la peine d'inviter Marianne, notre infirmière préférée : ça augure mal. Ils nous disent que si tu ne vas pas mieux d'ici lundi, il faudra envisager la fin. Ils nous disent qu'ils ont tout essayé et qu'ils n'ont plus de carte dans leur manche.

Assis sur le divan : ton père et moi noyés dans une rivière de larmes. Et pourtant quelque chose en moi refuse obstinément d'y croire. Je n'entends que cette lame de fond : une voix étrange, forte et profonde, qui me dit que tu survivras.

Je suis devenue folle.

Samba em prelúdio

Puisque plus rien ne fonctionne, je me suis entendue avec les médecins : dans les quarante-huit prochaines heures, il n'y aura plus de piqûres ni de radiographies. Que ceux qui oseront nous déranger périssent. Nous resterons dans la noirceur à faire les kangourous.

Je te chuchoterai à l'oreille cette vieille bossa-nova avec un accent portugais très douteux, en espérant que quelque chose au tréfonds de toi se mobilisera, se réveillera, ne serait-ce que pour m'implorer de me taire.

Il paraît que pour renaître il faut n'avoir plus rien à perdre.

Ta voix

Depuis quelques jours, tu vas mieux. Beaucoup mieux. Personne ne sait exactement pourquoi. Ils ont même réussi à remplacer la canule dans ta trachée par un mode de ventilation beaucoup moins invasif qui ne te coupe plus la parole.

Résultat : après presque huit semaines, j'entends ta voix pour la première fois. Tu cries haut et fort : le monde bientôt sera à toi.

Pyjama party

Depuis quelques semaines, les choses se sont stabilisées. Ta vie n'est plus en perpétuel danger. La preuve en est que ce soir nous changeons de couloir. Adieu chambre 17. Nous quittons les soins intensifs pour aller dans un très luxueux penthouse des soins intermédiaires, quelques mètres plus près de la porte vers la liberté.

Les docteurs prévoient que nous serons à l'hôpital encore deux mois, au moins. Nous nous tiendrons tranquilles, heureux et épuisés. Tu apprendras lentement à respirer tout seul, à boire directement au sein. Tu auras même le droit de mettre un pyjama.

Août

Tout à l'heure, nous sortirons. Pour la première fois de tes cent trente et un jours d'existence sur terre : l'air du dehors sur toi.

Nous serons kangourous du matin jusqu'au soir. Il y aura du soleil et ce sera l'été.

Dans quelques semaines, nous dirons même adieu à la petite bombonne d'oxygène qui, dans le parc, te donnera des airs de minibarbecue portatif. Tu pousseras tranquillement, jusqu'au bout de l'hiver, tu fendras la glace, tu seras notre perce-neige.

Au printemps, ton visage aura repris ses formes véritables. À l'œil nu désormais : plus de traces du combat.

La ligne du temps

Tu détestes dormir, tu adores faire des blagues, tu connais le nom des dinosaures par cœur. Tu ne cours pas très vite, mais tu chantes juste et fort. Tu racontes des histoires sans fin depuis presque quatre ans.

La vie a repris ses droits, les jours, leur course folle. La ligne qui traverse le bas de mon ventre ne s'efface pas. Tant mieux. On croirait la seule preuve que tu ne fus pas toujours sur terre.

Lorsque je nous crois tous les deux éternels, elle me dit que nous passerons, inexorablement.

Et si nous sommes un tant soit peu doués pour l'existence, nous nous souviendrons quelquefois, joyeux et ébahis, qu'aucun des jours que nous traversons ensemble ne nous a été promis.

Le sens des responsabilités

Éveline Marcil-Denault

L'occasion de discuter est passée et je me demande maintenant si ce n'est pas par pudeur que nous nous sommes empêchées d'aborder ensemble ce sujet pourtant vital, qui nous relie toutes les deux de son long cordon gris et noueux.

Je t'ai demandé beaucoup de toi-même et je devine combien tu t'es mise de côté, à certains égards, à certains moments, pour investir ce rôle du mieux que tu pouvais. Parfois, ce que tu me donnais, tu te l'enlevais un peu. Il m'a fallu non seulement du temps pour comprendre cela, mais aussi en faire l'expérience.

*

Tu m'as un jour raconté que c'est en travaillant comme jeune psychologue dans une école défavorisée que tu as décidé d'avoir des enfants. Beaucoup d'élèves étaient en déficit d'attention et de bons soins, disais-tu, et comme tu disposais de moyens financiers corrects et d'un bon bagage, tu voulais apporter ta contribution. Autrement dit, redonner.

J'ai été surprise de cet aveu. Je m'imaginais que tu nous avais toujours espérées dans ta vie, que nous avions été ton plus grand rêve. Mais ce que tu me révélais, c'est que ta profession et ton sens des responsabilités t'avaient poussée à faire ce choix.

La psychologie est une mère ; une mère supérieure, exigeante et parfaite, qui me parle tout bas depuis mon premier souffle. Je sais qu'elle te parlait aussi.

*

Je les écoute avec fascination, avec agacement, parfois avec envie, comme si leur expérience m'était étrangère ou inaccessible. Je constate à quel point certaines femmes sont imprégnées de leur maternité, à quel point ce rôle leur va comme un gant.

J'ai longtemps conservé ce tailleur marine que tu m'avais acheté à la boutique Femme de carrière, à la fin de mes études. Plusieurs fois, j'ai revêtu l'ensemble, puis l'ai retiré, incapable de l'assumer. Après des années sans jamais l'avoir porté, je l'ai donné, comme mes vêtements de maternité ; le tout rassemblé dans un sac de choses trop grandes pour moi.

*

C'était une mauvaise idée de ma part, mais tu m'as suivie docilement dans toutes les pièces du musée. Parfois, tu souriais, mais seulement parce que je riais exprès pour t'amuser. Car tous ces visages de cire, je le devine, t'effrayaient sûrement. Ces visages de gens connus que toi, tu ne reconnaissais pas.

Nous sommes sorties et il y avait foule, ce jour-là, rue Sainte-Catherine. J'ai pris ta main et nous avons foncé à travers la mer de monde. Je t'ai guidée comme je le pouvais, et nous étions comme deux personnages de cette sculpture de Louise Bourgeois que tu as reproduite il y a quelques années : *The Blind Leading the Blind.*

Cette construction s'ajoutait à la collection des œuvres de l'artiste que tu t'autorisais parfois à être, le temps de quelques heures volées au reste de ta vie. Combien de fois t'es-tu demandé ce que tu serais devenue sans nous, tes filles ?

*

Alors que j'étais très jeune, tu t'étais sauvée de la maison, fâchée, pour ce qui m'avait paru une éternité mais qui, en réalité, n'avait probablement duré qu'une ou deux heures. J'ai repensé à cette scène après avoir moi-même claqué la porte et fui, dans un moment de débordement.

Tu ne liras pas ce texte, mais je l'écris avec toi. Je ne peux pas tourner les pages de cet album sans ta présence, parce que tu t'y retrouves, en filigrane, presque partout.

Cette histoire commence dix ans avant mon premier accouchement.

*

Le médecin m'a demandé si j'avais des questions. Oui. Une. Et je n'avais pas osé la révéler à la gentille infirmière qui m'avait accueillie, tellement elle cachait une peur immense. J'ai pleuré en la posant parce que j'appréhendais la réponse, mais il fallait que je vérifie : « Est-ce que *ça* va m'empêcher d'avoir des enfants ? »

C'est en me faisant avorter que j'ai su que je voulais devenir maman.

J'avais dix-huit ans. J'étais un embryon de femme.

*

Pourquoi vouloir à ce point un enfant ? Encore aujourd'hui, j'ai du mal à expliquer ma soif de maternité.

Je sais qu'elle contenait une grande part de curiosité, celle-là même qui me pousse à écrire, juste pour le plaisir de voir où les mots peuvent me mener. Il y avait aussi une envie de magie dans l'élan, parce que la vie offre si peu d'extraordinaire qu'il faut parfois provoquer l'émerveillement. Le faire naître.

Mais mon désir d'enfanter reposait aussi sur un mouvement inverse, de l'ordre de la fuite plutôt que de la quête.

*

Troublante, cette rudesse avec laquelle la vie s'installe dans un corps : les nausées dignes de la pire traversée, la fatigue qui pèse une tonne, les seins qui veulent exploser. Comme un test de qualification déguisé. *Es-tu certaine que c'est ce que tu veux ? Auras-tu la force qu'il faut ? Il est encore temps de reculer…*

*

Il y a un bon moment que je vous ai remis mon échantillon jaune, encore chaud. Vous aviez insisté pour mettre ça au clair vous-mêmes et je ne me suis pas obstinée, pour une fois. Qui sait combien de temps j'aurais tardé sans votre vigilance ?

Pétrie de nervosité, je vous attends sagement au salon.

La porte s'ouvre. Vous rentrez de la pharmacie avec une mauvaise nouvelle et une adresse. Il n'y a pas d'espace pour la réflexion entre les deux. Le rendez-vous est pris. J'irai avec *lui*.

Incrédule, hébétée, je m'en remets à vous, mes parents.

Je me trouve à un carrefour, mais je ne vois rien d'autre que le scintillement des éclats de ma fierté accidentée répandus au bas de ce mur sorti de nulle part.

*

Après l'intervention, mon corps s'est mis en jachère pendant des mois. J'ai pris beaucoup de poids pendant cette période d'aménorrhée anormalement longue. Difficile de ne pas y voir une leçon. *Toi, jeune fille étourdie et faussement hardie, as-tu compris? Réalises-tu maintenant la portée de tes actes immatures?*

Comme beaucoup de femmes, je porte une petite cicatrice dans mon ventre.

*

Je suis allongée sur mon lit d'hôpital. Mon chum est parti chercher des choses à la maison. Je me sens exténuée et à bout de forces. Mon bébé est dans son petit lit vitré, pas très loin de moi. Il fait noir dehors et je me dis que je vais enfin pouvoir dormir. C'est tout ce que je veux.

L'infirmière vient me visiter et je réalise qu'elle ne repartira pas avec mon enfant pour l'amener passer la nuit à la pouponnière.

Ma fatigue n'est plus prioritaire. Je ne suis plus prioritaire.

Me voilà reléguée au second plan.

Travailleuse de l'ombre, pour une bonne cause.

C'est mon premier *shift* de nuit.

*

Mes souvenirs sont flous, à cause de cette substance qu'ils m'ont donnée et qui m'a rendue groggy. À la fin, une personne en chemise bleue me demande si je veux voir.

Je fais signe que oui.

Le bol de *stainless* sous les yeux, je constate ce qu'ils viennent d'aspirer hors de moi.

Je ne sais pas ce qui tient du rêve ou de la réalité, mais je conserve l'image d'un filament rouge vif, couché au fond du récipient.

*

Je suis assise sur la cuvette des toilettes. L'idée d'uriner n'a jamais été aussi inquiétante, mais il le faut, semble-t-il. Ils m'ont équipée d'une espèce de bouteille remplie d'eau tiède pour remplacer le papier hygiénique. Je n'ose pas regarder, alors, d'une main inquiète, je tâte et découvre l'enflure qui s'est emparée de mon intimité. Ce volet n'avait pas été abordé dans les cours prénataux. Il aurait pu s'intituler « Saccage ».

*

Il y a certaines choses qu'on sait au moment de planifier une naissance, d'autres qu'on redoute et plusieurs qu'on ignore.

On nous prépare aux pleurs et aux coliques, à la pénurie de places dans les CPE, à la séquence d'introduction des aliments, aux mastites, à l'inconfort des porte-bébés, à la taille des vêtements qu'on doit acheter au double de l'âge de l'enfant, à l'importance de s'entourer, de «prendre du temps pour soi»...

Je n'étais pas préparée à ne pas aimer les parcs et les balançoires. Je ne soupçonnais pas que ces endroits me mettraient dans des états hypnotiques étranges à cause de l'attente et de la répétition des mouvements.

*

Primipare en devenir et en jaquette, je promène mon ventre et mon sourire dans les corridors. Mes eaux s'écoulent lentement, par une mince fissure, alors j'ai du temps.

Je contemple avec ravissement les nouveau-nés à la pouponnière. Par intermittence, mon ventre durcit, mais ça ne m'empêche aucunement de marcher. *C'est donc ça, accoucher? Facile!*

Un peu plus tôt, je franchissais la porte de l'hôpital avec, dans ma valise, une jolie naïveté fleurie et bien pliée.

*

La chambre de naissance est aussi grande qu'un *walk-in* et, justement, on dirait que tout le monde s'est donné rendez-vous dans la pièce: une résidente – la troisième ou quatrième à me demander la date de mes dernières menstruations –, un anesthésiste accompagné du technicien responsable de vérifier la machine d'autoadministration d'une substance censée me soulager mais qui, pour le moment, présente une défectuosité. Il y a aussi une infirmière flanquée d'une stagiaire qui arbore de longs faux ongles bleus.

J'hésite entre vomir et m'évanouir. Mon chum est à bout. Les ongles sont de trop. La stagiaire sera gentiment invitée à aller poursuivre son apprentissage dans le garde-robe voisin.

*

Avec le recul, je peux affirmer que je n'ai connu d'engagement plus total que celui de mettre des enfants au monde, car il y a cette mission de les maintenir en vie.

Un jour, pendant quelques minutes, j'ai eu peur d'avoir perdu ma petite fille dans un lac noir. Je sais que, ce jour-là, l'écho lointain et anticipé d'un terrible tremblement intérieur m'a sidérée.

Être mère, c'est réaliser qu'on pourrait perdre sa raison d'être, se morceler et sombrer dans la folie.

*

La douleur m'a réveillée au petit matin. Vous, valeureux grands-parents, arriverez sous peu pour prendre la relève. Ma « grande », qui vient d'avoir trois ans, a le visage inquiet et me masse les mollets, seule partie de mon corps à sa portée.

Je me tiens péniblement debout, en prenant appui sur mon lit. Je ne peux pas parler. Je n'ose pas me redresser. Toute mon énergie est mobilisée par la douleur qui irradie de mon ventre jusqu'à mes pieds.

Nous avons à peine le temps de nous rendre à l'hôpital. À peine le temps de voir arriver cette chère amie qui m'aidera à accoucher. À peine le temps de comprendre que l'épidurale est un échec.

C'est au son de mes hurlements que ma petite fonce au monde avec sa tête pleine de cheveux, comme une lionne traversant un cerceau de feu.

*

Cette douleur, j'y ai goûté deux fois et il m'est impossible de la décrire en détail, ce qui est probablement une bonne chose. Ce que je n'avais pas deviné, c'est qu'il s'agit de la variante majeure de l'autre douleur, la mensuelle, que je connais trop bien.

Aujourd'hui, à l'approche des derniers cycles, je sens mon corps épuisé par tout ce labeur de nidification et d'expulsion. Nombreuses sont celles qui appréhendent l'arrivée de cette phase marquant la fin définitive de la fonction reproductive. Une part de moi, à l'inverse, contemple cet horizon avec l'espoir d'y retrouver la langueur de mon époque prépubère ; celle des années lentes, qui s'étiraient mollement d'un anniversaire à l'autre.

*

Mon bébé est couché sur ma poitrine. Il y a à peine une minute, je ne connaissais pas cet être. Je ne savais pas si c'était une fille, un garçon. J'absorbe tout ce que je vois d'elle. Je découvre l'odeur rare dont sa peau plissée est imprégnée ; un parfum d'ombre, mouillé et caverneux. Celui de l'eau de l'amnios.

Ma fille arrive au monde, elle n'a que quelques secondes de vie et, déjà, elle me donne accès à des parties de moi qui jusque-là m'étaient inaccessibles.

*

La maternité ne m'a pas déçue, mais elle m'a beaucoup fatiguée.

Je pense aux mères seules. Je pense à l'homme de ma vie, avec qui je contourne les obstacles et affronte le calme plat, je pense à notre navigation à vue ponctuée d'innombrables obstinations sur la direction à prendre, je pense aux cigarettes que nous fumons en cachette dans la cale, je pense à toutes ces fois où nous avons, de part et d'autre, contemplé secrètement le dinghy…

Personne ne mène la barque. Aucune idée de notre destination. Mais il y a ce sentiment, fort et persistant, que nous conduisons nos mousses à bon port.

*

Je me savais contemplative, mais ce trait s'est révélé encore plus avec l'arrivée des enfants et cette façon qu'ils ont d'imposer leur présence tantôt maussade, tantôt bruyante, tantôt inquisitrice, tantôt avide d'attention.

J'ai appris à me barricader quand le tumulte se fait trop envahissant. « Maman ? Maman ?! MA-MAN ! Maman… » J'émerge habituellement entre le troisième et le quatrième appel.

Il y a un lieu en moi, un refuge dans lequel je ne suis pas une mère, mais une petite fille oisive, lunatique et insouciante qui refuse de devenir une grande personne.

*

Un vêtement, une expression que je leur emprunte. Un mouvement enfantin, une danse que j'improvise. Une grimace. Une remarque insolente. Un sacre surprenant. Et alors, mes filles, une pointe de jugement dans la voix me demandent : « T'as quel âge, toi ? »

Consciente, dans ces transgressions, de ne pas agir « comme une mère », mais comme la fille que j'étais avant elles, je scrute le visage de mes enfants à la recherche d'indices d'acceptation.

*

Nous y avons songé. À peine quelques minutes. Et mon cœur s'est emballé de joie pendant ces instants où nous imaginions à haute voix l'arrivée possible de ce troisième enfant dans notre vie. Je me projetais tout à coup dans ce projet qui m'accaparerait encore tout entière : ventre, seins et âme.

Un projet qui me tendrait les bras et prendrait toute la place pendant quelques années.

Un projet grandiose.

Un projet qui m'empêcherait de penser à « celle que je pourrais devenir plus tard »…

Je me suis douloureusement ramenée à la réalité.

Le temps était venu de me donner le premier rôle, au risque de me décevoir.

*

J'ai saisi au vol les idées fuyantes qui me taraudaient comme des mouches et j'ai laissé courir mes doigts sur le clavier. Je me suis rapidement prise au jeu et, aussi, prise d'affection pour ces petites histoires qui, une fois terminées, se mettaient à me révéler leurs secrets.

Mon aventure avec l'écriture a commencé le jour où je me suis donné la permission d'errer en moi et de colliger les récits de ces pérégrinations futiles.

L'écriture, comme la maternité, est une formidable mise à l'épreuve. Mais dans mon cas, elle est l'inverse de la fuite, en ce qu'elle m'oblige à plonger en moi, à me regarder en face au lieu de m'affairer et de me complaire à prendre soin de tout ce qui me paraît plus urgent, plus criant, plus facile, plus digne. Plus important.

*

Les arbres à perruques sont en fleurs et ça me fait sourire parce que le plaisir d'avoir un enfant qui pose des questions, c'est de lui offrir de vraies belles réponses.

Un jour, j'ai expliqué à une de mes filles que c'est dans ces arbres-là qu'on fabriquait les cheveux de clown. Elle m'a crue. Et ça m'a ravie.

*

Je marche sur le trottoir avec ma fillette. Elle est haute comme trois pommes, mais exige que je tienne sa main d'une façon précise, sinon elle se fâche et replace mes doigts comme il faut, pour qu'on soit parfaitement connectées.

Paume contre paume.

Et puis elle serre ma main très fort et me dit cette phrase surréelle: « Tu me donnes ton sang. »

*

Loin d'être aventureuse, j'écris sans doute pour vivre d'autres vies que la mienne, et j'ai la tête pleine de femmes en attente, prêtes à se livrer à mes expériences.

Je m'imagine que si j'arrive à sortir toutes ces femmes de mon esprit, je parviendrai peut-être aussi à libérer mes filles des rêves inassouvis que je projette inévitablement sur elles.

Je veux écrire pour donner vie à mes idées, mais aussi pour permettre à mes enfants de vivre pleinement, en dehors de moi.

*

Je vous appelle pour prendre de vos nouvelles. J'écoute ton mari, mon admirable père, me raconter vos nombreux rendez-vous de la semaine. Je le questionne, lui demande des détails. J'aime le sentir occupé, car je sais que l'inertie et le silence peuvent tuer. À une certaine époque, c'est vous qui me demandiez de raconter mon quotidien. Et sans doute que vous aussi, vous étiez rassurés de me savoir active et animée par mes projets.

Après un moment, tu t'inquiètes et tu veux savoir à qui il parle. Tu t'inquiètes de ne pas comprendre ce qu'il me dit. Alors il te passe le combiné et, de peine et de misère, je prends pour toi ma voix des plus beaux jours.

*

J'ai ravalé tant de tristesse pour mes filles, car quoi de plus préoccupant que le dos d'une mère, les épaules agitées par les sanglots ? Quoi de plus angoissant, pour un enfant, que le visage déformé de sa mère qui pleure ?

Comme si on s'attendait à ce que les mères, dans leur bienveillance placide, puissent porter tout l'espoir du monde. Comme si le dépit d'une mère nous était intolérable. Comme si je me demandais l'impossible.

*

Depuis quelques années, je fais occasionnellement les deux mêmes rêves.

Dans un des scénarios, j'ai oublié un enfant dehors avant de m'endormir. Ce n'est jamais le même enfant ni la même raison. Dans l'autre, je réalise que je suis couchée dans votre lit de parents, que j'ai pris votre place, et que je ne sais plus où vous êtes.

Ces rêves ont en commun de me tirer de mon sommeil brutalement, de me pousser hors de mon lit, le cœur battant, à la recherche de ces personnes oubliées quelque part, dans le froid et la noirceur, par ma faute.

*

Il est passé minuit. Le cellulaire à mon côté me fait tout à coup penser au moniteur que je gardais près de mon lit, à l'affût d'un bruit inquiétant ou d'un silence anormal… Mon bébé a seize ans et je suis toujours là à guetter les moindres signes de vie.

*

À peine quelques centimètres encore et ma plus jeune me regardera frontalement, dans le blanc des yeux. Ma plus vieille a déjà franchi le cap et je me surprends encore de son long bras posé sur mes épaules quand nous marchons ensemble, collées.

J'aurais aimé avoir leur assurance tranquille au même âge.

Dans mon esprit, il y a longtemps que mes filles m'ont dépassée. Ce réconfort est doux-amer. Il révèle mes peurs pour mon avenir et pour le leur. Qui sait ce que nous réserve le hasard ? Je sais maintenant à quel point il peut se montrer cruel…

*

Mes gestes me rappellent leur petite enfance et tous les soins prodigués autour du bain. Je suis penchée à tes côtés, à guider le pommeau de douche à ta place. Tu tiens fermement la débarbouillette collée sur tes yeux pour éviter les éclaboussures.

Mes petites faisaient ça, et moi aussi, quand tu rinçais le colorant de mes mèches blondies d'adolescente revêche.

Je mouille ta chevelure fine et passe mes doigts derrière tes oreilles, là où la mousse se cache. Je découvre ta nuque avec émotion.

Je voudrais être ailleurs.

Je voudrais que nos rôles soient inversés, comme avant.

Mais tu me souris, et ton sourire est rempli d'une gratitude qui me bouleverse.

Tu me dis : « Tu es bonne. »

*

« Combien de grossesses ? » demandent les docteurs. Je réponds « trois » sans hésiter, parce que c'est la vérité, et parce qu'un petit filament rouge vif a fait de moi une fille, une mère, une blonde et une femme plus responsable, dans tous les sens du terme.

*

Je suis au sous-sol. Il n'y a personne à la maison.

À la douleur de mes seins s'est ajoutée une douleur au ventre. Il m'a déposée à la porte et n'est pas sorti de la voiture. Il regardait droit devant. Je ne le blâme pas ; il n'a pas vécu ce que j'ai vécu. Peut-être qu'il avait un peu honte ou pitié de moi. J'aurais aimé qu'il se confie, même si, entre nous, c'était fini.

Je n'ai pas dit un mot durant toute la route et lui non plus.

J'avais hâte de me retrouver chez moi, délivrée de ma gêne.

Me retrouver enfin seule avec moi-même.

Je suis couchée à terre et il fait froid.

Je n'ai pas la force de chercher un meilleur endroit où me blottir.

Pas le courage de trouver des bras pour m'envelopper.

Pour me réchauffer et m'endormir, je me recroqueville sur le tapis rose de la salle de jeu de mon enfance.

La Nuit des sens

Julie Hétu

Nous ne demandons pas à être éternels. Mais parfois, les jours qui séparent notre naissance de notre mort ne nous suffisent pas. Rien ne revient ni ne se répète. Le temps glisse sur nos corps comme sur le lit graveleux d'une rivière. Au barrage, les affluents se butent à un passage qui ne déverse plus ses eaux. Bientôt, la terre ne donnera plus naissance à autre chose qu'à elle-même.

Je m'imagine en oiseau-tonnerre, construisant mon nid à la hâte avec des branches aromatiques et de l'encens pour y mettre le feu. Je me vois battre des ailes pour attiser les flammes et m'y consumer, tel un phénix renaissant.

Je crois en la résurrection de la chair et en la vie éternelle.

Je crois aux oiseaux de paradis, à la fécondité sans déclin, à l'amour-passion, au plaisir infini du corps, au chemin de la mystique, à la Littérature.

Mais... Je suis encore à peindre la famille, à la fois dans la fixité et le mouvement. Indéterminée. Souvent dans la lumière, mais parfois plongée dans une insondable obscurité. Parce que je porte en moi mon enfance et celle de mes parents. Parce que je ne suis pas certaine de connaître la symétrie entre la femme, la mère et l'écrivaine que je suis.

Mon ventre a ce pouvoir transformant de l'amour et de la poésie, tout comme celui de la perte.

Depuis quelque temps, la passion amoureuse me ramène à *l'éternelle jeunesse de la flamme exacte* des poèmes d'Éluard. Là où les sensations s'étiolent, s'agitent, se heurtent les unes contre les autres dans l'obscurité.

J'entre sur la pointe des pieds dans la *Nuit des sens,* dans le sacrifice du temps, incapable de dire quel corps je cherche à mettre au monde.

J'évolue dans le désir, dans l'amour, dans le décalage des âges. Je loge en un lieu où le temps, pourtant si malléable habituellement, en ce moment ne l'est pas:

— Je t'aime.

— Je t'aime.

— Je veux avoir des enfants.

— …

— Tu ne dis rien.

— Je ne sais pas si je peux, si je veux.

J'aimerais maintenant pouvoir croire que le printemps revient. Que je ne fus jamais rien d'autre qu'un enfant qui jouait.

J'ai quarante et un ans et je suis encore et toujours l'enfant de mon propre corps.

Je vois les dangers du dedans et du dehors avec plus de clarté, quand je pense à la vie, au ventre qui peut lui donner ce dont elle a besoin.

J'ai peur de perdre mon regard juvénile qu'il aime tant, de me déchirer de l'intérieur, d'être dans la contrainte.

Je crains de réveiller la part d'ombre qui sommeille en mon sexe, de m'endormir au combat si jamais il s'éloigne de nous.

Je pourrais difficilement veiller sur un bébé comme je l'ai fait il y a plus de dix ans déjà, en ne fermant jamais les yeux. Être mère m'a demandé une force que je n'ai plus. Ma fertilité qui faillit me le rappelle avec une évidence que je peine à accepter.

Hadrien n'ignore pas que Rome, malgré sa grandeur, finira un jour par périr. Alors quelle est l'importance de servir jusqu'au bout, de penser, de se sentir un peu responsable de la beauté du monde ? Je vis l'amour avec ce fragile horizon d'une maternité à venir, comme une promesse qui s'achève.

Je vais remonter les âges, essayer de saisir ses cycles. Parce que je ne sais plus quel âge j'ai réellement. Sur le comptoir de la cuisine, j'attrape une pêche. Sa peau est douce et sa chair coulante a le goût un peu amer de l'été qui prend fin.

J'accepte de ne plus être une jeune fille, car je n'ai plus envie de ce goût de sucre acidifiant dont l'enfance m'a généreusement gavée. Réussir, dans n'importe quoi, mais réussir. Ne pas devenir une femme au foyer, une mère trop vite, éviter de m'engager, prendre l'élan de la liberté qu'on a plaquée sur moi. Pour mon père, j'étais trop jeune quand je suis tombée enceinte la première fois. Et aujourd'hui, il dirait que je suis trop vieille.

Suivre le pointillé de mes seins jusqu'au coquillage de ma vulve, jouir par la nuit de l'esprit, reprendre à l'amour son intelligence, me rappeler que chaque naissance est en soi un miracle, accepter le destin.

Je ne sais pas si je peux. Le médecin nous le dira bientôt.

À la piscine publique, je me suis surprise à poser un regard mélancolique sur la rondeur impatiente des femmes enceintes et sur la douce lumière sur le point de s'éteindre des jeunes familles quittant le bassin pour aller vaquer à leurs occupations.

Le parfum de l'herbe fraîche.

Le parfum de l'eau chlorée.

Le parfum des fruits.

Le parfum du bitume après la pluie.

Le sperme après l'amour.

Je suis dans la *Nuit obscure*. La passion m'habite. Un homme devant moi se détache, calme et clair. Sur fond de beauté. De mes mains, j'en caresse les contours. Je me permets d'y croire.

Je sais que nous ne serons probablement pas toujours ces gamins qui se soûlent l'un dans l'autre. Qu'un jour, pour survivre, nous serons forcés de réapprendre à dormir.

L'envie d'avoir un enfant est revenue et me ramène quinze ans en arrière.

J'ai eu mon premier enfant dans le parfum du tabac, d'une fleur, à un âge où je ne me souciais guère de la manière de le mettre au monde. Pour moi, il allait arriver au moment venu comme tous les autres bébés. Le reste, la suite, était une fatalité à laquelle je préférais ne pas accorder trop d'attention.

J'avais vingt-sept ans.

Sur ma table de chevet, il n'y avait que des romans et des cahiers à dessin.

Nous étions pauvres. Deux artistes fraîchement sortis de l'école. Pris par autre chose que la famille. Ailleurs. Ça ne m'inquiétait pas. Et ça n'empêcha en rien mon ventre de gonfler.

La violence de l'arrivée de mon enfant m'a surprise.

La peur m'a rendue vulnérable.

J'aurais aimé dire que j'avais tiré de cet accouchement difficile une réflexion sur l'enfantement, mais ce ne fut pas le cas. À ne pas voir les actes et les choses, je suis juste passée à côté. J'ai porté mon corps de femme enceinte comme des habits qu'on enfile à la hâte, trop pressée de partir. Je n'ai pas rangé les vieux objets qui traînaient dans l'appartement, je n'ai pas non plus préparé la chambre de cet invité tout spécial. J'ai accéléré le pas quand le poids de mon ventre est venu à me ralentir. J'ai vidé mes seins, pour que le lait cesse de couler. J'ai fumé une cigarette quand la responsabilité était trop angoissante. J'ai perdu le sens. Et tu es venu au monde quand même. J'étais anesthésiée, tranquillisée, dans des lieux empruntés, couleur clinique.

Introduisant la mort, sans même la reconnaître, dans un sac de congélation où on avait déposé mes effets personnels le temps qu'allait durer mon séjour à l'hôpital.

Et j'ai continué, le plus simplement compliqué du monde.

J'ai poursuivi mes études à temps plein et mon boulot de nuit. Avec mon petit homme, patient, à mes côtés.

Échapper à l'obligation du sommeil, croire en la résurrection de la chair.

Mort. Naissance. Naissance. Mort. Comme le chant de l'oiseau-tonnerre.

Dans un battement de papier-paupières, j'ai tout oublié : la souffrance de l'enfantement, les nuits blanches, la peur qu'il t'arrive quelque chose, toute la place que tu prenais dans le grand lit de tes parents. Et je suis retombée enceinte. Décidée à faire les choses autrement. À ne pas passer à côté, cette fois.

Il peut s'écouler des années sans qu'une seule ride froisse nos paupières délicates, comme il est possible qu'elles se plissent tels deux oiseaux de papier en une seule journée.

Je comprenais à présent que le premier pas vient se déposer dans le dernier, que dans l'oubli de celui qui voit le jour il y a aussi l'impossibilité de raconter pour celui qui le quitte.

Mon bébé, mon petit garçon qui grandit, raconte-moi ta naissance… je ne me souviens pas de la mienne.

À ma connaissance, il n'y a que la mythologie inuite qui se soit aventurée à dresser des récits de mise au monde du point de vue de l'enfant qui naît. Des contes intra-utérins où des pénis à visage de chien vomissent dans des igloos, déposant la nourriture d'une naissance à venir. Je vais reprendre les mots d'Iqallijuq, cette femme d'Igloolik, au Nunavut, portant le nom de son grand-père maternel et du même coup son identité :

> J'ai su que j'allais devenir un fœtus alors que j'étais encore dans la tombe ; il y faisait très froid. [...] Comme les blocs de neige [formant la tombe] étaient solidement assemblés, je déplaçai celui de l'extrémité en le poussant et pratiquai ainsi un passage. [...] Je m'approchai alors du pan arrière de son manteau et me dis en moi-même que si je parvenais à toucher l'extrémité de sa ceinture, je pourrais sans doute entrer en elle. [...] J'étais effectivement devenu un fœtus, j'étais à l'intérieur de son utérus. [...] Et voilà qu'un chien apparaissait de temps à autre, dans l'ouverture de l'entrée ; sa bouche était fendue verticalement. En fait, à chaque fois qu'il apparaissait à l'entrée, c'était mon père qui avait des rapports sexuels avec ma mère, c'était son pénis que je prenais pour un chien[1].

Dans ma mythologie, on n'abreuve pas d'urine l'âme du défunt pour qu'il se réincarne dans un igloo :

1. Bernard Saladin d'Anglure, *Être et renaître inuit, homme, femme ou chamane*, Paris, Gallimard, coll. « Le langage des contes », 2006, p. 39-47.

au mieux, on renaît de ses cendres. L'âme des morts, les fœtus et les esprits n'ont jamais eu dans mon imaginaire la capacité de connaître l'avenir. Dans les mythes qui me construisent, on égorge des taureaux, on baptise par l'eau ou le sang. Mais la soif du sang est la même que celle de l'urine quand on veut aller et venir librement au pays des vivants.

Il est là, l'indéfectible rite de passage, le geste sacral. Je crois que, pour certaines femmes, l'enfantement réveille le souvenir oblitéré de sa propre naissance et, tôt ou tard, de sa propre mort.

Je perdrai mon deuxième enfant. À treize semaines, sans igloo de rechange, il glissera hors de mon corps pour chuter dans la vulgaire cuvette d'une toilette publique. Noyé dans l'urine et dans mon sang, il me dira au revoir. Je fermerai les yeux et boucherai mon nez, pour oublier le lieu de notre dernier contact. Pour accepter le passage.

Je t'avais prénommée Salomé. Je me disais: « Baptiste et Salomé. Frère et sœur. » Je n'aurais peut-être pas dû penser à ce prénom.

Le passage est toujours une expérience redoutable parce qu'on ne peut pas affirmer, au départ, qu'il s'agira simplement d'une traversée. On espère la vie éternelle, la longévité du phénix. On s'étonne que le cœur s'arrête aussi tôt, sans prévenir.

Dans l'enfantement comme dans les derniers jours de la vie, on sait ce qu'on est en train de perdre, mais on ne sait pas ce qu'on va retrouver.

Peut-être que je me trompe, mais j'ai le sentiment que la délivrance de l'accouchement est parente avec celle de la mort, que la douleur du corps qui lutte à s'abandonner, que les larmes aussi sont et seront les mêmes.

Je suis tombée à nouveau enceinte quelques mois plus tard.

Je voulais accueillir cet enfant dans mes bras, sans rien de plus, chez moi. Je me suis imaginé une île dans l'océan. Dans une mer orageuse, mais avec ce que les orages ont de beau. Il était hors de question que j'aille à l'hôpital. On ne me demanderait plus de me déshabiller, de remettre mes vêtements et mes effets personnels à un étranger pour ensuite enfiler un uniforme. Le sentiment de perdre son identité est fort dans ce rituel banalisé. N'est-ce pas la façon dont on traite les prisonniers ou les fous pour leur faire sentir qu'ils perdent leur liberté ? C'est l'image que j'avais en tête. Quatre ans plus tôt, j'avais refusé de mettre la jaquette. Je ne supportais pas ce vêtement, sa charge, son odeur. Je ne comprenais pas pourquoi mes vêtements étaient plus sales, plus à risque pour le bébé. Alors j'ai arraché ce vêtement et suis restée nue. Je me suis sentie un peu moins vulnérable, mais vulnérable quand même de ne pouvoir simplement porter mon grand t-shirt du film *Dune*.

L'annonce de ma décision d'accoucher à la maison avec une sage-femme avait suscité de vives réactions dans mon entourage ; *entre nous remue la mer, qui nous définit et nous sépare.* Et si ça tournait mal ? Avoir un enfant était déjà un risque en soi.

Les plus belles histoires de naissance qu'on m'avait racontées venaient de femmes qui avaient accouché à la maison ou dans une maison de naissance. Je me suis demandé pourquoi. Je crois que cela tient à la peur de perdre le contact avec la mise au monde. De la même manière que je ne veux pas manquer ma mort en étant trop médicamentée, même si cela vient avec d'atroces souffrances physiques. Je me suis dit que si je me soumettais à l'expérience de la souffrance et de la peur qui l'accompagne (celle de ne pouvoir en être soulagée), je testerais cette idée du contact et de la rencontre, du rien de la kénose, cette action de vider, de se dépouiller devant la porte de l'igloo. J'avais ce désir de saisir ce qui, dans la dimension terrifiante de la naissance, me permettrait un jour d'appréhender celle de la mort.

Je me suis débarrassée des monstres sur fond brumeux et j'ai apprivoisé la peur de mourir en donnant la vie. La symétrie mort-naissance s'imposait comme une rencontre nécessaire, un combat singulier avec un corps que je connaissais à moitié.

Tous les coups, tous les gestes, toutes les feintes, toutes les jouissances, toutes les parades reproduites, identiques jusqu'à cet enfant du dedans.

La sage-femme m'apprendra à faire la différence entre la douleur et la souffrance pour me protéger de moi-même. Elle me fera prendre conscience que dans l'accouchement, il n'est pas question d'une souffrance, mais d'une douleur physique. Qu'il est possible d'apprivoiser cette douleur, de lire ce qu'elle a à dire.

La douleur parle fort si on ne lui cède pas l'espace qu'elle demande.

Pour moi, dans la mort comme dans la mise au monde, il y a naturellement une peur et un danger immense auquel il est nécessaire de s'abandonner. Quelque chose de la *Nuit obscure* dont parle saint Jean de la Croix, où l'amour va de l'avant, intégrant le renoncement tout en n'en faisant jamais un but en soi qui serait porteur de sclérose et de mort. Dans cette perspective, l'amour est libérateur si on a confiance.

Tout avait été préparé avec la sage-femme et, dans ma tête, des images du film *Dune* de David Lynch me donnaient du courage. J'avais enfilé mon grand t-shirt cette fois. Je pensais au personnage de Paul, formé pour maîtriser son corps et son système nerveux. Je voulais faire de même avec ma peur de la douleur et de la mort qui, je le savais maintenant, m'attendait dans l'enfantement.

J'avais en tête une scène du film en particulier. Il s'agit d'une épreuve de l'esprit subie par Paul : il doit glisser sa main dans une boîte de torture provoquant des douleurs extrêmes. Paul devait les accepter, sachant qu'elles ne porteraient pas atteinte à son corps tant qu'il ne retirerait pas sa main de la boîte. Il devait abandonner sa peur de la mort, se laisser avaler par la douleur pour la dépasser, et surtout pour se protéger de lui-même. Je ne devais pas oublier que les douleurs de l'enfantement ne portaient pas atteinte à nos corps : le mien et celui du bébé.

C'est en résistant à sa chute que la femme qui accouche se blesse, se déchire et retient la naissance, prolongeant du même coup ses souffrances.

Le jour prévu de mon accouchement, malchance, je contractai la scarlatine. Une grande fièvre m'envahit durant deux semaines, requérant une forte médication qui me garda alitée nuit et jour. Les animaux comme les humains n'accouchent pas quand ils sont trop malades. Mon bébé continuait de grossir, mon corps commençait à se fissurer de toutes parts et à se couvrir de givre. Je perdais mes forces, plongeais dans un brouillard de fièvre et de sueur.

La sage-femme m'informa que l'accouchement à la maison n'était plus possible dans mon état. On parlait maintenant de césarienne, de fendre la chair et de plonger dans mon corps pour sortir l'enfant de la cape mystérieuse. Le bébé était trop gros, il fallait le sortir au plus vite.

La nuit précédant mon rendez-vous pour ma césarienne, je me réveillai aux alentours de 3 h du matin. La fièvre était enfin tombée. Les contractions étaient marquées, franches. Je me fis couler un bain chaud, sachant que si les contractions ne préfiguraient pas la naissance, elles s'arrêteraient au contact de l'eau. Au contraire, elles s'accentuèrent. Mon fils dormait et sa demi-sœur aussi. Je sortis du bain et me dirigeai dans la cuisine en hurlant à chaque contraction. Les enfants se réveillèrent, inquiétés par mes cris, au moment où mon conjoint rentrait du bar au coin de la rue. Il fallait rapidement appeler la sage-femme et que quelqu'un vienne chercher les enfants.

La sage-femme arriva peu de temps après et comprit ma douleur en entendant mes râles. Avec ma permission, elle enfonça sa main en moi pour dégager la tête du bébé accrochée à la bordure du col utérin. Aussitôt sa main retirée, je sentis le bébé glisser de plusieurs centimètres vers le bas. À quarante-deux semaines, à l'étroit, il était pressé de naître. Les douleurs étaient intenses et je me dirigeai vers mon lit, trop faible pour rester debout. Je peinais à accepter la douleur, elle arrivait trop brusquement, trop vite. Pourtant, je m'y étais sérieusement préparée. La peur jouait contre moi. Je cherchais du regard de l'aide, incapable de parler. Puis je me mis à hurler comme un animal piégé. Des cris de panique intense. J'ai pensé à la mort. Quelques secondes seulement, je l'ai sentie possible. Ma peur s'est transmise dans les yeux de mon conjoint et ceux de la sage-femme. Je refusais d'aller plus loin, d'offrir mon corps à la naissance. « Je ne veux plus ! Je ne veux plus accoucher ! » La douleur devint alors insupportable et mon cœur s'emballa, digérant le peu de forces qu'il me restait. Je savais au fond de moi que je devais lui céder mon corps sans résistance, comme une chute, un saut dans le vide. Mais j'avais tellement peur. La sage-femme prit mon visage entre ses mains et me dit : « Tu vas y arriver. Ton bébé t'attend, il est prêt, il est avec toi, il vit la même chose, tu n'es pas seule. »

Tremblante et très affaiblie, je fermai les yeux pour imaginer mon enfant, pour le sentir à bout de souffle sous la glace de mon ventre, attendant que je le sorte de l'eau. Je me suis calmée. Il me restait encore de l'énergie, non pas dans mon corps, mais dans mon esprit. L'inverse de la force physique. Il fallait tout lâcher. Ne plus craindre la mort, ne plus craindre le déchirement de la naissance. Je pouvais y arriver, je ne contrôlais plus rien, je coulais sans crainte au fond de l'océan.

J'ai cessé de résister et tu es arrivé sans me briser, sans me faire mal, dans toute ta beauté. Je t'ai pris dans mes bras et on s'est endormis l'un contre l'autre. Je n'ai même pas regardé de quel sexe tu étais. Te sentir me suffisait. Nous arrivions de bien trop loin pour que ces détails aient une importance.

Après une petite sieste, nous sommes sortis sur le balcon au soleil, complices, et toute la famille est venue nous rejoindre.

*

Malheureusement, nous n'avons pas survécu à la *Nuit des sens*. Ce moment où l'attachement et la confiance emboîtent le pas sur la passion. La famille s'en est allée, soufflée comme de la cendre.

Je suis tout au début. Comme avant toute chose. Avec mille et un rêves derrière moi. Je dois devenir une initiatrice. Celle qui écrit le premier mot derrière une séculaire césure.

Dans la chair.

Dans l'amour-fou.

Dans la création.

> Ce monde a toujours été et il est et sera un feu toujours vivant, s'alimentant avec mesure et s'éteignant avec mesure[2].

---

2. Clément d'Alexandrie, *Les Stromates*, fragment 30, V, 105.

Notices biographiques

MÉLIKAH ABDELMOUMEN est née au Québec. Détentrice d'un doctorat en littérature, elle a signé de nombreux articles, nouvelles et romans, dont *Chair d'assaut* (Trait d'union, 1999, Prix de la première œuvre du Salon du livre du Saguenay–Lac-Saint-Jean), *Alia* (Marchand de feuilles, 2006, finaliste au Prix littéraire des collégiens), *Les désastrées* (VLB, 2013) et *L'école des lectrices: Doubrovsky et la dialectique de l'écrivain* (Presses universitaires de Lyon, 2011). Elle a tenu pendant plusieurs années un blogue où elle racontait ce dont elle avait été témoin depuis que, en 2009, elle s'était liée avec des familles roms vivant dans des bidonvilles et des squats de la région lyonnaise, où elle a vécu une douzaine d'années. Elle a également, pendant son long séjour dans l'Hexagone, eu un enfant. Depuis son retour en terre natale avec son mari et son fils, elle est enseignante et directrice littéraire. *Douze ans en France*, récit portant sur les questions de l'immigration et de l'engagement, est paru en mars 2018, chez VLB éditeur.

ANAÏS BARBEAU-LAVALETTE est auteure et cinéaste. Son premier long métrage de fiction, *Le ring*, a été primé dans plusieurs festivals à travers le monde, et son second, *Inch'Allah*, a été sélectionné au Festival international du film de Toronto et à la Berlinale. Comme auteure, elle a publié *Je voudrais qu'on m'efface* (Hurtubise, 2010), *Embrasser Yasser Arafat* (Marchand de feuilles, 2011) et, en 2015, *La femme qui fuit* (Marchand de feuilles), immense succès critique et populaire qui lui a valu plusieurs récompenses, dont le Prix des libraires du Québec, le Grand Prix du livre de Montréal et le Prix littéraire France-Québec. Elle est aussi mère de trois enfants. Elle a cessé de chercher l'équilibre, et embrasse plutôt le parfait déséquilibre de son quotidien. Là se trouve, selon elle, la clé du bonheur.

Mère/belle-mère d'un adorable petit garçon trop pressé et d'une charmante adolescente pas encore en crise, ALEXIA BÜRGER est metteure en scène et dramaturge. Elle a dirigé *Les barbelés* d'Annick Lefebvre (pièce créée au Théâtre national de la Colline à Paris et au Théâtre de Quat'Sous à Montréal) et *Les Hardings*, son premier texte qui lui a valu le prix Auteur(e) dramatique CTD'A décerné par le public de même que le Prix du meilleur texte original 2018 décerné par l'Association québécoise des critiques de théâtre. Elle a aussi cosigné les mises en scène de *Chante avec moi* et de *Polyglotte* avec Olivier Choinière (Festival

TransAmériques/Centre national des Arts/Théâtre du Trident) ainsi que d'*Alfred* avec Emmanuel Schwartz (Centre du Théâtre d'Aujourd'hui). Elle a œuvré sur des installations multidisciplinaires (*Pensées courantes* et *Je ne m'appartiens plus*, en collaboration avec Sophie Cadieux) et flirté avec quelques spectacles musicaux, dont ceux de Safia Nolin (*Dans le noir*) et Antoine Corriveau (*Cette chose qui cognait au creux de sa poitrine…*, Usine C).

MAXIME CATELLIER est né en 1983 à Rimouski. Son œuvre, composée de recueils de poèmes, d'essais et de romans, forme un tout traversé par « une étonnante unité », selon les mots du poète et libraire Christian Girard. Son travail est marqué par un parti pris poétique qui s'exprime par l'hybridité des genres : pamphlet en vers, roman surréaliste, essai-fiction, poème photographique. Ses plus récentes publications sont le roman en vers *Mont de rien* (L'Oie de Cravan, 2018) et l'essai poétique *Le temps présent* (Boréal, 2018). Il enseigne la littérature au Collège de Valleyfield et vit à Saint-Anicet, en Montérégie. Il est le papa de Léonard et Géraldine.

MARTINE DELVAUX est écrivaine et professeure de littérature. Elle a fait paraître des essais et des romans. Après avoir écrit un récit en fragments autour de la naissance de sa fille (*Échographies*, Vents d'Ouest, 2005), elle a choisi de ne pas la prendre avec elle dans la fiction, jusqu'à ce qu'Éléonore, adolescente, lui en donne la permission. Ainsi a pris forme *Le monde est à toi* (Héliotrope, 2017), une lettre d'amour sur la transmission féministe.

RÉBECCA DÉRASPE a terminé le programme d'écriture dramatique de l'École nationale de théâtre en mai 2010. Elle est l'auteure de plusieurs pièces jouées et traduites à travers le monde, dont *Deux ans de votre vie, Plus que toi, Peau d'ours, Gamètes, Nino, Je suis William, Le merveilleux voyage de Réal de Montréal, Partout ailleurs* et *Nos petits doigts*. Elle est aussi auteure en résidence au Théâtre La Licorne. L'Association québécoise des critiques de théâtre lui a décerné deux prix: meilleur spectacle jeune public 2018 pour *Je suis William* et meilleur texte dramatique 2017 pour *Gamètes*. Elle a aussi remporté le Prix auteur dramatique BMO 2010 pour *Deux ans de votre vie*. Elle est la fière maman d'une petite fille de sept ans.

Née à Montréal, JULIE HÉTU obtient un doctorat en art, littérature et anthropologie à l'Université Concordia. Depuis 1998, elle œuvre activement dans le milieu des arts visuels et de la littérature. Elle reçoit en 2011 le Prix du public de l'association La plume de paon pour son livre audio *Baie Déception* (Planète rebelle, 2009), au Centre national du livre de Paris. Elle séjourne ensuite en Espagne avec l'intention d'apprendre l'art de la corrida, cette étonnante façon d'écrire avec le corps dans l'arène. S'ensuivra le roman *Mot* (Triptyque, 2014), finaliste au Prix littéraire France-Québec et au prix Ringuet de l'Académie des lettres du Québec. En 2018 paraît son plus récent roman, *Pacific Bell* (Alto), inspiré d'un stage à La Nopalera, un ranch au Mexique où elle a appris à devenir saigneuse de cactus. Son prochain roman sera inspiré de son séjour comme auteure en résidence à la villa Médicis, à Rome. Elle est également mère de deux enfants.

ARIANNE LASALLE est née aux Îles-de-la-Madeleine et a grandi à Outremont, où elle vit toujours. Elle a déjà eu une grande sœur, décédée à quatorze ans. Une grande sœur comme une plante, une grande sœur végétale. Arianne a ensuite eu deux enfants. Une vive comme l'eau, l'autre calme comme les pierres, une toute petite pousse, morte alors qu'elle était encore au vert le plus tendre. Arianne a déjà failli devenir une plante aussi, comme sa sœur, comme sa fille, mais Momo était là. Elle travaille dans la mode et publie ici son premier texte.

Mère de deux belles grandes ados prénommées Simone et Margaux, ÉVELINE MARCIL-DENAULT a aussi mis au monde Constance et Danie, les antihéroïnes des romans *Le sourire de Duchenne* (Stanké, 2013) et *L'enfantement* (XYZ, 2017). Elle porte en elle Laura, Marie-Louise, Marcelle, Aline et Jinette, une ascendance de femmes fortes et inspirantes. À défaut d'avoir été bénie, elle a été plongée dès son jeune âge dans les eaux de la psychologie. À quarante-cinq ans, l'auteure sent son imaginaire plus fertile que jamais et ose encore rêver à une vieillesse douce, longue et digne qui lui permettrait de jouer librement avec les mots et les couleurs, comme une fillette insouciante.

Auteure, musicienne, femme engagée et maman à temps plein, ARIANE MOFFATT est depuis ses débuts une figure appréciée du milieu québécois de la musique. À l'automne 2018, elle faisait paraître son sixième album, *Petites mains précieuses*, un disque chaleureux et sensuel qu'elle qualifie depuis ses premières maquettes de « néo-seventies ». Ses chansons abordent des sujets féminins et féministes dans une perspective aussi intime qu'universelle. L'occasion de participer au recueil *Dans le ventre* lui a tout de suite semblé cohérente avec le processus de création de son dernier album comme de son dernier enfant.

Après avoir obtenu une maîtrise en littérature française à l'Université McGill, ELSA PÉPIN s'est intéressée à la littérature et au théâtre comme journaliste, recherchiste, critique et animatrice d'émissions littéraires. Elle a été chef de pupitre au journal *Voir* et chroniqueuse à l'émission de télévision du même nom. En 2011, elle dirige le collectif *Amour et libertinage par les trentenaires d'aujourd'hui* (Les 400 coups).

Elle publie ensuite le recueil de nouvelles *Quand j'étais l'Amérique* (Quai nº 5, 2014), récipiendaire du Prix littéraire des enseignants AQPF-ANEL et présélectionné au Prix littéraire France-Québec, et le roman *Les sanguines* (Alto, 2016). Elle est directrice littéraire chez Quai nº 5 depuis 2018 et mère de deux jeunes enfants.

MÉLISSA VERREAULT est née en 1983. Titulaire d'une maîtrise en création littéraire, elle a jusqu'ici publié trois romans, un recueil de nouvelles et un livre pour les apprenants du français. Elle a par ailleurs signé la traduction du roman *The Break*, de Katherena Vermette, et travaille actuellement sur la version française du premier roman du dramaturge Jordan Tannahill. Mère de triplées, elle se consacre à ses enfants et à l'écriture de fiction, en plus de poursuivre une maîtrise en traduction, de donner des cours de création littéraire à l'Université Laval, d'accompagner des auteurs de la relève dans le cadre de divers programmes de parrainage et de s'impliquer au sein de l'Union des écrivaines et des écrivains québécois, dont elle est la vice-présidente. Ses parents l'ont toujours encouragée à faire ce qu'elle aimait, mais comme elle aime vraiment beaucoup de choses, son horaire finit toujours par déborder.

Table

Suivez-nous :

Achevé d'imprimer en mars deux mille dix-neuf
sur les presses de l'imprimerie Gauvin,
Gatineau, Québec

L'intérieur de ce livre a été imprimé
sur papier québécois 100 % recyclé.